LOVE, SENSE AND COURAGE

—

与謝野晶子 愛と理性の言葉

エッセンシャル版

—

松村由利子　編訳

Discover

はじめに
美しく、力強い言葉の数々

与謝野晶子といえば、「やは肌のあつき血汐《ちしほ》にふれも見で……」といった、歌集『みだれ髪』の華麗で奔放な恋のイメージを抱く人が多いのではないでしょうか。

しかし、晶子は文学の世界のみならず、社会評論の世界でも華々しく活躍しました。科学の世紀にまなざしを注ぎ、対等な男女関係を求め、時には政府を鋭く批判した晶子の言葉は、今の時代の私たちをも勇気づけるものです。

彼女の評論活動は、明治末期から昭和初期にかけての二十年余りにわたります。最も活発に執筆したのは「大正デモクラシー」と呼ばれる時期でしたが、実際には政府による厳しい言論統制が行われていました。そんな時代に晶子は、大臣の名前を詠み込んで政治を批判した歌を新聞に発表したり、理由もわからぬまま小説本や雑誌が発売禁止処分の憂き目に遭う現状を皮肉った文章を雑誌に掲載したりしました。

当時、新聞や雑誌に発表された晶子の文章のタイトルを少し見てみましょう。

「男女平等主義の新傾向」「教育制度の根本改革」「日本人の食物」「自由と寛容」「離婚について」「青年と老人」「私の新聞観」「個性の確かさ」「母性偏重を排す」「青年の自殺」「私たちの愛国心」「資本と労働」「未来の婦人となれ」「自由人として」「個人と国家」

ざっと見ただけでも、いかに幅広いテーマで執筆したかがわかります。もし彼女が今の時代に生きていたら、人気コメンテーターとして引っ張りだこになったのではないかと思います。

これほど与謝野晶子がメディアで活躍した背景には、二つの大きな要因があります。一つは、新聞、雑誌という活字メディアの最盛期とも言うべき時代だったことです。また、当時はようやく女子教育の必要性が認識され、高等女学校令の施行もあって女性たちの教育程度が高まったため、さまざまな女性誌が創刊され、新聞には女性読者をターゲットにした「婦人欄」「家庭欄」が創設されました。

女性読者のニーズに応える書き手はそれほど多くなく、有名歌人であり、ヨーロッパに四か月ほど滞在した経験のある晶子は、メディアにとっては大変魅力ある存在でした。晶子が生涯で十一回の出産を経験し、多くの子どもを育てるワーキングマザーだったことも、教育論や家庭論の執筆を依頼する筆者としてはうってつけだったと思われます。

もう一つは、晶子自身が問題意識をもっていたことです。「自由と平等」は民主主義の根幹ですが、彼女はこの二つを非常に大切なものと考えました。表現の自由、思想の自由が保障されない時代状況は、文学者としては見過ごすことのできないものでした。身近な文学者の作品が相次いで発禁処分となることに、晶子は憤りを感じずにはいられなかったのです。

社会的な平等、とりわけ男女の平等を彼女ほど切実に求めた人もいなかったかもしれません。実は晶子が生まれたとき、男の子でなかったことに落胆した父親によって親戚宅に一年以上も預けられた経験があったのです。さらに、進学して勉強したかったにもかかわらず生家の商売を手伝わされ、大学で学ぶ兄が羨ましくてならなかったことは、男女という性によって差別される悲しみを晶子に深く味わわせました。

「自由と平等」は、晶子にとって書物から得た思想ではなく、自らの経験に裏打ちされた理想だったと言えるでしょう。経験に基づく晶子の言葉は力強く、説得力あるものとして当時の読者の心を揺さぶったと思われますが、それは現代の私たちにとっても同じです。

評論家・晶子は、文学者・晶子と矛盾するものではありません。結婚が家と家の結びつきを意味した時代、晶子は男女が恋愛によって純粋に結ばれることを何よりも美しいものと考えました。そして、長い年月をともに暮らし、対等な関係を維持するためには、女性の経済的自立が欠かせないと説きました。『みだれ髪』で恋愛を謳歌した歌人は、「男女共同参画社会」「ワーク・ライフ・バランス」といった言葉も概念もなかった時代、何よりも尊い男女の愛を継続させるために、「自由と平等」の大切さを高らかに宣言したのです。

美しい生き方を追い求め、力強く語った与謝野晶子の言葉を少しでも多くの人に届けたいと願い、本書の原稿を書きました。

十五冊の評論集を中心に抜き出した文章は、読みやすくするために少し言葉や表現を変えたり順番を入れ替えたりしています。晶子がこよなく愛した平安朝の女性文学者たちと同様、晶子自身もまた教養が深く、辞書を引かなければわからない漢語も多く用いられているからです。関心をもってくださった方は、ぜひ晶子の書いた評論集を読み、格調高い原文を味わってみてください。

松村由利子

与謝野晶子　愛と理性の言葉

目次

I　幅広い読書で自らを育てる

II 働く喜びは金銭には換えられない

III 人生の海へ漕ぎだすために

IV 男女という性差を超えて

V 愛は常に訓練されるべきもの

VI 子どもを育てる喜びを分かちあう

VII さまざまな自由を求めて

VIII 考える人として若々しく

IX 国家は個人のために

I 幅広い読書で自らを育てる

001

知力とは知識の量ではなく理解力

私の言う知力とは、知識の量ではなく、物事に対する理解力を意味します。知識の量を言うのなら、とうてい専門の学者には及びません。けれども理解力というものは、実生活における直接体験や読書によって自分の常識を新たにしつつ、何事にも部分にかたよらず全体を把握しようと注意しさえすれば、花が咲くように内側からひらけてくるものだと思います。

しかし、どんなに読書をしても、どれほど物事の理解ができても、それを誇るべきことのように思ってはいけません。少し学問をかじっただけでわかったふうに振るまうことのないよう、知力を養いましょう。

「婦人改造と高等教育」(『人及び女として』より)

002

自分の本棚を豊かにしよう

あなたの本棚を豊かにしてください。たとえば、これから三年間、デパートで買い物するお金を、あらゆる分野の専門書に費やせば……と想像してみてください。文学だけでなく、倫理学、哲学、経済、女性問題などに関する本を読むことが大切です。

私は世間や人間の本質が知りたくて、十一、十二歳のころから喉の渇きを潤すように、「栄華物語」や「大鏡」といった平安朝の歴史文学を読み、それと並行して「源氏物語」や「枕草子」などの純文学を読みました。できるだけ解説書ではなく、原典を何度も読みました。わからないながら独学で何度も読んでいると、自然にはっきりと理解できるようになっていくのはうれしいものでした。

「女子の智力を高めよ」「折折の感想」(『激動の中を行く』より)

003

たくさん読むうちに良書がわかる

わが国ではたくさんの出版物が刊行されています。しかし、それだけ文化が発展しているのかというと、決してそうではありません。反対に、読むべき本は非常に少ないのです。広告につられて読んでみて、がっかりすることがよくあります。それで最近は、よほど信用できる著者の書いたものでないと読まないことに決めています。

著者の信頼性をどうやって知るかというのは、簡単には言えないことです。自分で見当をつけるしかないのですが、それはいろいろな本を読み比べて、感服したり失望したり、を繰り返すうちに自然に会得されるものなのです。有名な著者であっても、書かれた本がつまらない、という人はいますし、名がそれほど世に知られていなくても、実力に優れた著者もいます。たくさん読むうちに、よい本が直感的にわかるようになるのです。

「独学と読書」(『愛の創作』より)

004

読書は記憶を目的としない

本は、読むたびに新しい何がしかの価値を得られるものならば、何度取り出して読んでもよいと思います。しかし、たいていの本は、一度読んだきりのままで惜しくないものです。どの本も読んですぐに忘れてしまうべきものです。読書は決して記憶を目的とすべきものではありません。

人の心を鈍らせる第一のものが記憶です。記憶力がいい、ということは、受験生や統計学者にとって役立つだけで、その他の人々にはたいてい有害です。記憶力のいい人は、過去の経験――つまり記憶を頼りにして、いま実際に対面している事柄をおろそかにします。記憶を頼りにする人には人生の新しい味がわかりません。

食物は食べた後、しばらくたてば何を食べたか忘れてしまいますが、それが血となり肉となって役立てばよいのです。精神の食物である本もまた、その本の思想が自然に、読んだ人の栄養になればよいと思います。

「感想の断片」(『人及び女として』より)

005

選り好みせず、幅広く本を読む

初めから自分が何に適しているかわかるものではありません。学校だけでなく、独学する勇気をもって読書の習慣を作らなければなりません。できるだけ選《え》り好みせず、何でも広く読まないと思想と趣味がかたよります。

本は自己の人格を深め、清めると同時に、楽しみとして読むものです。これは一生続けるべきことで、学校を卒業すると本とほとんど縁がなくなるのは、人としての成長が止まるようなものです。本を読むのは研究者になるため、文学者になるため、などと思うのは大間違いです。

「生活の指標――恋愛が女子の全部でない」(『女性』一九二五年一月)

006 天才は偶然には生まれない

紫式部のような才女たちが平安時代に一斉に輩出されたのは、ちょっと見ると宮廷と藤原氏一門からの支援があったためと思えるのですが、実際には彼女たち以前の才女がまず存在したのです。華やかな文化は突如として現れるものではなく、天才は偶然には生まれません。上流、中流の女性たちが学問、芸術、そして宗教に熱中する風潮は、遠く大化の改新の行われた飛鳥時代にさかのぼるものです。

奈良時代までの文明はおおむね、中国やインド、朝鮮半島諸国の模倣でしたが、平安遷都以降の日本人の生活には、新しい要求が湧きおこってきました。上流、中流の男女が漢書、歌集、仏典のほか、日本文で描かれた小説などを読まずにはいられなくなったこと、小説や日記を盛んに書いて自己表現の端を開いたことは、その顕著な変化です。

源氏物語や紫式部日記を読むと、この女流文学者の教育、政治、音楽、学問、社会に対する独自で豊かな見識を知ることができます。

「紫式部と其時代」（『人及び女として』より）

007

自発的に学んだ平安時代の女性たち

私が親しみを抱いているのは、平安時代の中流階級に生まれた女性たちです。平民でもなければ、貴族のような特権階級でもない、中間あたりの階級の男性は、仕官の資格として学問を修めなければなりませんでした。そして、この階級の女性もまた競って高等教育を修めたのです。教養のある親兄弟は学問・芸術の価値と必要性を知り、女性たちの高等教育を奨励しました。父や兄が熱心に自ら教えたり、家庭教師とも言うべき人たちを雇って教えたりもしたのです。紫式部が幼いころに、父親の藤原為時《ふじわらのためとき》が中国の歴史書「史記」を教えたのは有名な話ですが、兄の惟規《のぶのり》も常に妹の学問の相手となりました。

この階級の家庭は、初めから学問芸術を生活の重要条件としていました。こういう恵まれた環境に生まれた女性たちは、自発的に学び、自己を教育しました。その教育の質の高さは、今の女子大学の比ではないと思います。

「平安朝の女性」(『女性改造』一九二四年九月)

008

常識にとらわれず型にはまらない学びを

常識というものは、型の記憶を繰り返すものに過ぎません。過去が現在に役立っている、それが常識です。常識家というものは、いろんなことを知っていて、生きた百科事典のようなものです。石橋をたたいて渡るというふうな、堅実な生活を基礎づけるためには役立ちますが、保守的にかたむきやすく、新しい生活の発明家にはなりにくいという欠点があります。こうしたことを考えないで、常識を教えこもうとすると、人間の生活は停滞し、進歩しなくなってしまいます。常識が不足しているのも困りますが、それがあまりありすぎて、肥満した人の心臓が脂肪過多で圧迫されるように、人間の命である想像力を萎縮させてしまう結果になっては困ります。

個性の独立を主張する時代にあっては、他人の型や法則をまねる必要はありません。中学以上の教育においては、個性の創造を主として指導しなければなりません。受験の準備のためでなく、個人の希望と長所に従って、自由に学べる制度を望みます。

「伊豆山より」(『人間礼拝』より)

009

もって生まれたものに応じて創造する

以前は、男の子を教育するときに「えらい人になれ」、すなわち特に優秀な人物になれ、と言いました。逆に、女の子を教育するときは「並の女になれ」、すなわち人物とか人格とかは考えず、もっぱら女という性別にかたよって行動する類型的な人間になれ、と教えたのです。

すべての子どもに、特に優秀な人物になるよう求めるのは不自然ですが、「並の人間になれ」という教育だと個性の乏しい人材ばかり育てる恐れがあります。「えらい人」という意味を、天才とか名人という特殊なものに解釈するのでなく、自己の可能性を尽くし、生まれもった天分に応じて何かを創造する人間――という意味に訂正するならば、どんな子どもにも当てはまる教育の目的だと思います。

「最近の感想」(『横濱貿易新報』一九二五年一一月八日)

画一主義には弊害もある

一般の小学校では、学力の区別なく、同じ教室で同じ教師が同じ程度の授業をしています。一つの教室に、十人とか十五人の優秀な子どもが交じっていても、教師は多数の普通の子を標準として教えていかなければなりません。優秀な子どもはそれらの子どもたちと並んで歩くことに常に退屈を感じ、心身を疲れさせる結果になっています。優秀だった子も、やがて学校の授業に刺激を失い、競争心も失って勉強を怠り、ついには成績も平均的な位置に落ちてしまいます。これは、人材育成から見て、非常な損失を招いていることになります。

画一主義の弊害は、大学よりも、小学校においてきわだっていると感じます。小学校でも必修科目と任意の科目をもうけ、任意の科目では生徒自身の好き嫌いや得意不得意によって選択できるようにすればよいと思います。

「小学教育の改造」（『人及び女として』より）

011

偉人伝や統治者の歴史は参考にならない

画一的な「生活指標」といったものは、実際には役立たないものです。そのかわり、自分の体験から得た考えが述べられたものは「参考資料」として役立つと思います。その意味で私は、興味をもって伝記を愛読しています。歴史もまた同じ意味から愛読しています。

しかし、従来の伝記は偉人伝であり、歴史は権力者、統治者の歴史です。現代の事情や理想から遠く、私たち凡人の生活には参考にならない点が多いのを不満に思います。ごく少数の優れた素質をもった人たちには偉人伝が参考になるかもしれません。また、権力者になろうとする古い考え方の人たちにとっては、従来の歴史が教科書になるでしょうが、万人平等の「人」、民衆の一人として波乱の激しい現代を生きようとする平凡な私たちは、自分たちに最も近い一般多数の人々の生活から湧き出た意見を聞きたいと願っています。

「生活の指標――恋愛が女子の全部でない」(『女性』一九二五年一月)

012

芸術によって人生を二倍豊かに生きる

「解放」とか「自由」とか言いますが、日常の物質生活から心を解放して、ほんとうに自由な精神生活を楽しむことができるのは、芸術による創作の世界に限られていると思います。人は芸術があるので心が広げられ、人生を二倍豊かに生きることができます。人間にのみ許された、そうして人間だけに可能な質の高い生活を楽しむことが、最も人間的価値のある生き方だとすれば、人は学問と芸術を、少しでも自分の生活にとり入れなければなりません。

「女子の独立」(『優勝者となれ』より)

013

創造力は個性の力、未来を発明する力

創造は、過去と現在を材料として、新しい未来を発明する能力です。この能力は個人のものであり、個性的なものです。

人格の中心となるものは、この個人の創造能力です。もし、これが欠如していたならば、人は模倣したり同化したりする消極的な生活に終始して、自分独自の存在を主張することができなくなってしまいます。この創造能力を使って、経済的自立、精神的自立を実現してはじめて、文化的な生活者と言えると思います。

「婦人も参政権を要求す」（『優勝者となれ』より）

014

外国語よりも日本語を大切に

わが国では外国語――たいていは学問としても、実用としても使えない程度の外国語――の教育に、自国の言語教育より何倍も力を注いでいます。そのため、高い教育を受けた男性や女性でさえ、日本の古典文学といえば「土佐日記」や「徒然草」くらいしか知らず、日本文学史の概略に通じた人がなく、日本の思想と文学に密接な関係のある漢書の修養もまるっきり怠っています。ただ実用向きの粗末な文章以外には書けない国民となり、国語や漢字の辞書を引いて読む習慣もまったく失われたというのが現状です。このような国語国文を軽んじる傾向は、外国では考えられないことです。

道徳にせよ、学問芸術にせよ、わが国には二千年来の伝統の蓄積があります。日本人は、明治以来の人々が卑下して考えているほど、創造したり建設したりする力の貧弱な国民ではありません。私は「日本人として」の独創性を発揮することが大事だと思います。

「『昭和維新』の精神『日本人として』の独創性を発揮せよ」

(『主婦之友』一九二七年三月)

015

自分に適した一つの能力、一芸を究める

私たちの学校の教育目的は、画一的に他から強要されることなしに、個人個人の創造能力を、本人の長所と希望とに従って、個別的に、みずから自由に発揮させるところにあります。

言葉をかえれば、「完全な個人」を作ることが目的といえます。「完全な個人」とは平凡に平均した人間という意味でもなければ、万能に秀でた天才という意味でもありません。人間は何ごとにせよ、自己に適した一能一芸に深く達してさえいればよいのです。それで十分に意義ある人間の生活を建てることができます。もちろん、一能一芸以上に適した素質の人が多方面に創造能力を示すのはすばらしいことですが、だからといって、一つの方面に能力のある人と、多方面に能力のある人とでは人格に優劣があると思うのは誤りです。それぞれが自分の能力を発揮して、だれもが「完全な個人」として自分に満足できるようにならなければ、と思います。

「文化学院の設立に就て」(『人間礼拝』より)

016

自分自身についてはあまりわからないもの

自分のことは自分でよく知っているように思っています。けれども、私が知っているのは、自分のほんの一部分です。自己というものは無限に奥深く、一瞬たりとも休まずに流動し、複雑に入りくんだ迷宮です。他人のことについては、ずいぶんと知ったかぶりをいいながら、自分自身のこととなると、言葉づかいや身ぶりのくせ一つでも、他人から注意されるまでは、たいてい意識しないものです。

こういう自分自身の揺れや迷いを是正し、あやまちを予防するために、私は他人の言うことに耳を傾けます。他人からの指摘は、自分の気づかなかった物事の細部に目を向けさせ、物事を相対的、全体的に識別させるものです。

知識や物事の本質を探る力は、努力次第で成長します。教育による個人と社会の改造の可能性を信じる根拠もここにあります。

「私自身に対する反省」(『若き友へ』より)

017

他人からの批評で自分を知る

鏡に映った顔は、自分の左が右になって見えます。鏡に映しただけでは、自分の正しい顔がわかるとは言えないのです。画家が、鏡に映った自分の姿を描いた自画像は、「鏡に映った」という条件の下に真実ですが、他人から見たときの自分の姿は、他人が描くのでなくては真実を得ることはできません。それで、人は写真や肖像によって、鏡では知ることのできないところを知ろうとするのです。

顔かたちばかりでなく、自分の生活の全体も、自分が知っていることだけでは不完全です。ここに、自分に対する他人の批評というものが役立つ理由があると思います。自己批評は、あくまでも主観的に自己を見るのですが、他人が下す批評からは客観視された自己を見ることができます。主観的、客観的、両面から自己を見るのでなければ、自己を十分に知るとは言えません。その意味で、私は人と人が批評しあうことを喜ぶのです。

「自分を知る方法」(『若き友へ』より)

018

もっと学んで書く時間が欲しい

生きるためには労働しなければなりません。それを避けようとは思いません。自分の内側にどれだけの力があるかわかりませんが、それをできるだけ引き出して、社会に提供し、子どもたちの命を支え、教育したいと願っています。

けれども、折々に私はこんなことを空想します。三年間ほど、私に休養し、読書できる余裕を与えてくれる未知の友人はいないだろうかと。万一、そんな奇特な人がいたら、私は今の仕事を三分の一に減らし、月のうち二十日間は、大学の聴講に行ったり図書館で調べものをしたりするでしょう。そのほかには、東京や地方にある、さまざまな工場を見学して巡りたいと思います。やりたいことは実に多いのです。史学や文学、社会問題や教育問題、女性問題などについて、読み応えのある著作を書きたいと思います。また、哲学や、心理学、社会学、経済学なども学問として修めたいのです。

「一九一七年の暮に」(『若き友へ』より)

019

若者も老人も学ぶことで社会は進歩する

日本の教育は、青年の教育にばかりかたよっています。そのため、青年の思想はどしどし前に進んでいくのに、老人は一度若いときに教育されたきりで、その思想は過去のままにひからびています。社会の要が、老人と青年とで成り立つものである以上、両者の意思の疎通が行われなければ社会は順調に進歩しないわけです。

年齢の差などがあって意思の疎通が難しい部分があるのはしかたないにせよ、老人が青年とともに現代の思想に浸ることを怠りさえしなければ、すべての老人が青年の思想をだいたい理解することができ、共通の場でやりとりし、協力し、人生の音楽が合奏されるに至るでしょう。

老人の多数は、私のこうした理想からかけ離れており、万事において過去の標準を基本とし、過去の思想に停滞しています。

「姑と嫁に就て」（『人及び女として』より）

II

働く喜びは金銭には換えられない

020

人間らしく生きるため経済的に自立を

人間は食べて、着て、生きなければなりません。人間がまず経済的に独立すべき理由はここにあります。人間らしい教育を受けるとともに、人間らしい文化的活動を実現して生きなければなりません。そのためにも経済的独立を必要とします。労働は衣食のための金銭を得るためのものばかりでなく、個性を自由にかつ豊富に発揮して、人類が相互に連帯する世界の完成に貢献するためのものです。労働は他の人から強制されるものでなく、自分が必要とするものです。愛と聡明さを身につけてゆくに従って、労働の意義と楽しみはますます深くなり、喜んで働くことになるでしょう。労働を回避するのは人生を否定することです。労働はすべての人にとって権利であり義務であるので、男女の性別によって分担を拒むことは、差別以外の何ものでもありません。

「女子の経済的独立は家庭様式を破壊せず」(『女の世界』一九二一年三月)

021

欲望は労働のエネルギー

人間の欲望は無限です。人間は、そうした欲望をみずから選択し、それらの実現に努力する者であり、そのために何らかの労働をしないではいられない者です。欲望の実現は、労働によって初めて可能になるのです。

人間の欲望も、宇宙に遍在するエネルギーの一種です。エネルギーは無限ですが、私たちはできるだけ多く、自分のより高い欲望のために労働しなければなりません。

「生活の二つの様式」(『我等何を求むるか』より)

022

女性も経済的に自立する

今はすべての女性の経済的独立が必要な時代です。これには三つの大きな理由があります。第一の理由は、男性が自分自身の生活を支えるだけで精いっぱいで、妻子を養う経済力を持たないため、結婚を避けるか、あるいは結婚する時期を延ばそうとしていること。男性に生まれたというだけで、自分一人の収入で女性を養わなければならない、というのはまったく道理に合いません。第二の理由は、大量生産する資本主義の工場労働が増えたため、どの工場でも女性労働者なしには立ちゆかなくなったこと。第三の理由は、工場以外にも女性の職業が増えたことです。

こうした背景とは別に、人間は一人の人格者として、精神的にも物質的にも自立しなければなりません。自己に適した精神的、身体的な労働を提供することで、個性を発揮することができます。人間は何らかの労働に就くのがあたりまえであり、女性であることを理由に労働の権利と義務を放棄してはなりません。

「女子の経済的独立は家庭様式を破壊せず」(『女の世界』一九二一年三月)

023

物質的な安定＝精神的な充実

キリストがどんな意味で「貧しき者は幸いなり」と言ったか知りませんが、ある程度まで物質的生活の安定が得られなければ、決して精神的な生活の充実を得られないと思います。人として、なるべく自己を曲げず、精神的な生活を立てられるだけの経済的生活の保障を得たいと思います。

私の求める経済的な保障は、自分自身の勤労による報酬です。その勤労が、自分に適した、自分の好きな、自分の一生をそれに注いで悔いのないものであれば理想的ですが、現代の事情ではそうもいきません。とにかく、不本意な勤労であっても誠実に勤め、その報酬によって生活し、衣食以上の精神的な生活をも築くということは、どんな人にとっても気がねのない生き方だと思います。

「忍苦勤労の生」（『横濱貿易新報』一九二五年一〇月二五日）

024

すべての人間が労働する社会に

私は文筆業という労働が好きではあるのですが、それだけを好むわけではありません。時間があれば、子どもたちの衣類を縫うことは楽しみの一つです。台所の煮物にも興味があり、本と雑誌は睡眠時間を削っても読むことにしています。また、何もしないで、ぼんやりとしているのも好きです。人には、こういう時間が必要です。よく働く者にとって休養の意味で必要であるばかりでなく、すべての関心と労働との緊張の連続のなかに、一つの「間」を置くという意味でも大切です。

これからは、人間の創造的な行為すべて——学問、芸術、教育、政治、その他、創造的職業生活の全部を労働と呼びたいと思います。そう定義したうえで、すべての人間の労働する社会を熱望します。あまりにも少ししか働かない人間と、あまりにも働きすぎる人間がいる不平等を正し、健康な成人男女が、その能力に応じて公平に労働する社会制度ができなければ、人間生活の改造はなかなか実現できないだろうと思います。

「苦中真珠」(『婦人世界』一九二〇年一〇月)

025

何のために働くのか

私たちは愛を売り、良心を売り、知識を売って物資の購入に充てています。発明家は売るために発明し、労働者は賃金を得るために労働し、学生は将来的によい給料を得るために勉強し、芸術家は生活のために芸術作品を作ります。収入が少ない職業には俊才が集まらないようになっています。そして、大多数の人々は、こうした状況についてまったく疑問に思わず、何も恥じたり悩んだりしないほど、個性の尊厳ということを忘れているのです。

「欲望の調節」(『心頭雑草』より)

026

金銭は所有せず運用すべきもの

金銭は生活するための一つの手段です。各自がその手段を使って生活を営むことが理想的です。だから、平等で円滑な富の分配が望ましいものと私は考えています。

金銭は所有するものではなく、役立てるべきものです。人々が水道や電気を使用するのと同じように、金銭も必要に応じて便利に使用されるものであってほしいと思います。水道水や電力を私有して貯蓄しようなどと誰も思わないように。一定の使用料を払えば水道や電気が使えるように、金銭も一定の労働を提供すれば必要なだけ使えるような仕組みができないでしょうか——。

もちろん、それは理想であり、人間の心理が改革され、金銭に対する所有欲が冷めたうえでなければ実現しないとはわかっています。けれども、今よりもっと資本が教育や衛生、交通など公共の利益のために使われてほしいと思うのです。

「折々の感想」(『横濱貿易新報』一九二六年四月一一日)

＊晶子の言う「平等で円滑な富の分配」は、いま論議されている「ベーシックインカム」を思わせます。ベーシックインカムは必要最低限の所得を保障する制度ですが、晶子が金銭について「必要に応じて便利に使用されるだけのもの」と、単なる交換媒体のようにとらえた視点は、たいへん面白いと思います。

027

金銭に換えられない喜び

労働には金銭を目的としないものもあれば、目的とするものもあります。

金銭を目的としない労働には、自己の実力を試す喜びや、自己の実力によって何らかの新しい文化価値を生み出す創造の喜び、精神を好きな仕事に集中して世間的なことを忘れ、自分の心を純粋にする喜び、身体を使って健康になる喜び、その労働の成果をもって社会に奉仕できる喜び——といったものが備わっています。これらの喜びの体験を楽しむことが本来的な目的であり、収入とは何の関係もありません。言いかえれば、こうした労働の喜びは経済価値に換算されない人間としての価値です。それは親子、夫婦、友達の愛情や学問芸術の価値が金銭に換えられないのと同じです。

「勤労主義の教育」（『優勝者となれ』より）

028

雑用の多い日常をどうすべきか

何のために私たちは忙しく暮らしているのでしょうか。それは、ことごとく雑用のためです。現在の日本の生活には、主婦の負担となる雑用があまりに多いのです。簡潔な手段で、高い価値の生活を実現しようとする理想を男性が自覚していないので、台所の炊事やあと始末、部屋の掃除だけでも、多くの時間と労力を消費させます。また、男性のなかには、一人前の大人になっても自分の衣服を自分で整理することをよしとしない人もいます。だから、衣服の出し入れや洗濯などの一切は主婦の役目になっています。

こういうきわめて忙しい生活が普通になっている状況では、よほど思いやりのある夫をもった幸運な主婦か、少しくらい夫や舅、姑、世間の人の機嫌を損ねてもよいから自分の理想を通そうとする主婦でなければ、学問芸術の書物に親しむなどということはほとんど不可能です。

「主婦の一人として」(『横濱貿易新報』一九一八年二月一〇日)

029

働く意味をもっと考えよう

現代の人は、常々あまりにもつまらない仕事に追われていると思います。「つまらない」と言うのは、「理想をもっていないこと」「仕事の量を重視して、質をおろそかにしていること」という意味です。多くの人は、限られた目標においてのみ成功か失敗かを苦し、経済的な目標にとらわれていることも少なくありません。私は経済の重要性を十分に知っていますが、それればかりを重んじるのは文化的でない不完全な生活だと考えます。

現代は、仕事の実績を数量で示そうとすることが多く、質よりも量が価値あるものとされます。そのため、忠実な仕事や独創性に富んだ仕事が減り、似たり寄ったりの平凡な仕事ばかりが多くなってしまっています。お金のためならどんな仕事でもする、仕事の量を増やすために忙しく働く、というのが現代の実状です。どれだけ自分の仕事が社会に新しい文化的な価値を加えたか、という感激や満足を得ることはありません。これが現代人に共通する悩みではないでしょうか。

「歳末雑感」(『愛の創作』より)

030

自分へのご褒美を買う喜び

自分の労働の成果であるお金で、一冊の本や、一本のストールでも買うことは、夫や父親に何でも買ってもらっていた時代に比べて、どんなに気持ちよく、愉快なことでしょう。

「未来の婦人となれ」(『心頭雑草』より)

＊晶子の原文は「一本のストール」でなく、「一掛の襟」です。半襟か、重ね襟か、わかりませんが、どちらも着物のコーディネートに欠かせず、気分を変える大事なアイテムなので、現代の感覚ではストールに近いのではないかと考え、言いかえてみました。

031

平等に仕事をする理想社会

成人になった男女が――芸術家も、学者も、公務員も、教育者も、商人も、その他すべての職業の人も――みな公平に、毎日二、三時間ずつ労働に従事し、それによって生活に必要な報酬を受けて衣食住が保障されれば、と願います。そうすれば、ほかの時間を、家庭のため、社会のため、学問芸術のため、政治のため、教育のために働くことができるでしょう。八時間も働かず、家事をこなし、図書館や研究室で好きなことを調べ、美術館や劇場、音楽会などへも足を運べるでしょう。

「寧ろ父性を保護せよ」(『女人創造』より)

032

家事の省力化を進め時間の有効利用を

短い一生を、できるだけ内容の豊富なものにするには、まず何よりもムダなことに心と身体と時間、お金を使わないようにする工夫が必要です。例えば、台所仕事もかなり簡潔にできると思います。

台所仕事を簡潔にする、というのは、台所の労働を軽蔑しようというのではありません。人が行うことに、どれが尊いとかどれが卑しい、ということはなく、生きるために必要なことは、みな価値があるものです。ただ、簡潔にすべきこと、複雑にすべきことの区別があります。台所仕事を軽蔑するのではなく、台所には台所相応の時間と労力を払おうとするのです。

「日常生活の簡潔化」(『一隅より』より)

033

衣食のためだけに働く現状を超えて

今日の私たちに何よりも幸不幸として感じられるのは、職業があるか、ないかです。以前は、健康を第一の幸福としたものですが、今は少々の健康は害しても、あるいは病気にかかっても、職業のないほうがより不幸に感じられます。職業の種類を選んだり、収入の多少を口にしたりするのは贅沢《ぜいたく》なことです。こういう時代に、何らかの職業にありつき、不完全ながらも自力で生活できることは、恵まれた人間として喜ばなければなりません。

しかし、こんな切迫した社会状況が長く続くと、人は衣食のためにだけ忙しく働くことに疲れ、理性や創造性、道徳性をマヒさせられる結果になりはしないでしょうか。何の職業かもかまわずに就くというのは、適材が適所に起用されないことにもなるでしょう。衣食以上の高貴な精神生活の幸福が忘れられることになれば、日本人の未来が不安になってしまいます。

「就職難」(『横濱貿易新報』一九二六年一〇月一〇日)

034

どんな労働もすべて尊い

肉体労働を卑しいものとし、頭脳労働を上品だとするのは、これからの生活において、ふまじめなことだと思います。生に役立つものは、ことごとく尊いことをしみじみと悟る時代が迫っています。

労働とは、すべての勤め働くことの総称です。身体が主となった労働と、頭脳が主となった労働とに大別されますが、身体のみの労働もなければ、頭脳のみの労働というものもありません。

「女子の職業的独立を原則とせよ」(『若き友へ』より)

035

お金を得るだけが労働の目的ではない

男も女も、精神と肉体との労働によって暮らしを成り立たせ、家族を養ってゆくのが、天地に恥じない生き方だと私は信じています。世界がこれからどんなふうに変化しようと、怠けたり贅沢《ぜいたく》したりせず、身を投げ出して働けば、誰に気がねすることもなく生きてゆけるだろうと思います。「労働」というと、賃金や報酬といった物質的な収入が目的だと考えられていますが、必ずしもそうではないでしょう。お金を得ることだけが労働の目的と考えるのは、実は狭い考え方であり、労働することを人生の大きな「楽しみ」の一つとして考えてほしいと思うのです。労働によって報酬を得る場合もありますが、得られない場合もあるでしょう、それは二の次です。労働の目的は、互いに助けあって、社会全体の幸福を増すため、各自の実力を持ち出して働くということでなければなりません。本当の楽しい清らかな生活は、お金のことなどを忘れた愛の生活、学問芸術の生活、労働そのものを楽しむ生活の中にあるように思います。

「女子の独立」(『優勝者となれ』より)

036

労働は商品ではない

人間は器械ではありません。労働は商品ではありません。私たちは、独立した人格者として、文化的な生活を何らかの労働によって創造するのです。

「生活改善の第一基礎」(『女人創造』より)

III
人生の海へ漕ぎだすために

037

若いときは冒険を恐れずに

人生における「進歩」というものは、汽車がいつも同じ軌道を走っているようなものではありません。そうではなく、従来の軌道を踏みはずすことでなければなりません。そこに新しい活動、新しいリズムや描線が創造されます。それこそが真実の「進歩」です。軌道を踏みはずすことは、もちろん冒険です。しかし、あえて冒険しなければ、進歩はありません。大人は冒険を恐れ、「常軌を逸する」という言葉を堕落の意味だけに解釈します。彼らの筋肉はこわばり、魂は臆病になっています。

大人の多くは、進歩を嫌い、拒みます。彼らにとって、進歩は邪魔ものです。自分たちの臆病さや創造力の欠乏を、言葉巧みに覆い隠す技術だけが発達しています。若者が冒険しようと最前線に進んでも、彼らは後方にいて傍観しています。そうして、若者の冒険がうまく行かないうちには百万回もケチをつけてののしり、うまく行った途端に、その冒険の収穫を恥じることなく自分で利用するのです。

「若き人人に」（『愛の創作』より）

038

年を取れば賢くなるわけではない

若い日々は二度と来ません。若い人たちは、自分たちの今を、働き盛り以降の日々の準備のように思ってはいけません。そんなふうに思って老人たちの発言に信頼や崇拝を払い、自らの気持ちを押し殺した冷静な生活をしてはいけません。

年を取るということ、経験をたくさん持っているということが、必ずしも人を賢くするものではないのです。数千年間の歴史は、むしろそれと反対の結果を示しています。一般的に、老人はむしろ悪い方向に変化します。腐敗し、堕落します。きわめて少数の、またきわめて卓越した天才的な老人を除いては。

私が老人を尊敬したく思うのは、老人がその豊富な経験を自慢せず、目の前の真実に対する実感を大切に生きようとしているときです。新しく流動的に生きようとしているときです。しかし、たいていの老人は、肉体よりも先に、精神と心とが硬化しています。

「青年と老人」(『愛、理性及び勇気』より)

039

理性と感情のバランス

理性の勝った人、感情の勝った人――大半の女性はこのどちらかの傾向を持っていますが、理性と感情のバランスのよい女性というのはなかなか見当たりません。私は、感情にかたよった女性も、理性にかたよった冷たい女性も嫌いです。愛と理性が融合し、理性の方が表面に表れているイギリス人女性は、私の好きな理性的な女性の代表です。反対に愛の方が表面に表れているフランス人女性は、私の好きな感情的な女性の代表です。

「理性的婦人と感情的婦人」（『激動の中を行く』より）

040

「よりよく生きよう」とする人間

人間は動物のように単に「生きる」というものではなく、「よりよく生きよう」とするところに特徴があります。長い歴史のなかで、人間が理想と努力によって、複雑な文化生活を創造するに至ったのは、すばらしいことだと思います。

創造は過去と現在とを材料にしながら、新しい未来を発明する能力です。この能力は、個人のものであり、個性的なものです。人格の中心には、創造的な能力がなければなりません。もし、この能力に欠けていたら、人のまねをする消極的な生活に終始し、自分らしさの主張が希薄になります。創造的な能力をもちいて、自分らしさ、自分の存在を確かなものにし、自ら働き、自らの力で生活して初めて、しっかりとした文化的な生活となるのだと思います。

「婦人も参政権を要求す」(『激動の中を行く』より)

041

若い時には、よい友が大事

若い時には、よい家庭、よい両親、よいリーダー、よい親友があってほしいものです。こうした人たちから自然に受ける感化、特別な教えが、どれだけプラスになることでしょう。

誰にでも親友というものがあります。もし若い人がよい親友を得たら、よい家庭やよい両親、よい先生よりも著しい影響を与えられるでしょう。同じよいアドバイスでも、親に十回言われるよりも、尊敬しているよい親友に一回言われたほうが刺激を強く受けるのです。よい親友は、年上でも年下でも、また異性でもよいと思います。性格や目指すものが違っていてもかまいません。よい親友同士は、共感しあい、激励しあうことによって、心の目をひらくことができます。自分もその人の刺激で、ずんずんとよい方へ成長することができます。よい親友と努力しあうときは苦労を感じないものです。

「生活の指標——恋愛が女子の全部でない」（『女性』一九二五年一月）

冒険にケガや失敗はつきもの

人の一生はずっと「冒険」が続くのが望ましいと考えています。とくに若い時は、冒険に対する興味と勇気が湧き起こります。若い力を試してみたい時期ですから、少しくらいの失敗やケガは覚悟して、冒険の衝動に身をまかせるのもよいでしょう。失敗したとしても、きっとそれは心の糧になります。失敗も過失も、若い人にとっては自分を鍛錬することのひとつです。

失敗を恐れて何もせずに若い時期を過ごすよりも、時には少しぐらい軽はずみな冒険をして失敗したほうが人間らしいと思います。

ただ、あまりに大きな冒険を軽率にしたために失敗すると、一生の痛手になり、なかなか再起できない場合もあります。冒険の衝動の最も大きなものの一つ、「恋愛」などは、決して軽はずみであってはならないものだと思います。

「生活の指標――恋愛が女子の全部でない」(『女性』一九二五年一月)

043

新しい経験は冒険のようなもの

危険には避けるべきものと、むしろ進んで突破すべきものとがあります。危険といっても、必ず避けなければならないものではありません。

危険であるか、危険でないかというのは、人それぞれでもあり、はじめから「これは危険だ」と決まっているものでもありません。爆発物や飛行機が必ずしも危険ではない一方で、赤ん坊にはつまようじ一本持たせるだけで生命にかかわるほどの大けがをすることもあります。

人は、子どものときからできるだけ新しい経験を豊富に重ねる必要があります。新しい経験は、ことごとく一種の冒険です。最初の経験には、冒険の不安やその冒険に打ちかとうとする勇気、あれこれ考えること、試練、成功の予想、そして、そういうすべてに伴う愉快さを感じます。冒険は、人が最も緊張し、自分の生の力を体験し、快感を覚えることです。最も充実した生そのものです。

「危険に対する自覚」(『愛、理性及び勇気』より)

044

理性だけでなく感情も大切に

私たちの日々の生活は、理性だけによって生み出されるものではありません。たいていは複雑な気分や情緒の混ぜ合わさったものですから、つじつまの合わない行動や発言も多いのです。それを表現するには、つじつまの合わないままの真相を伝えようとするのが正直な態度です。

乏しい経験と浅い思いしかないまま結論を急ぐことは、ふまじめだと思います。うわべを飾ったり大ざっぱな言葉でかたづけたり、という態度では真実を表現することはできません。

「婦人の告白」(『人及び女として』より)

045

必要なものを突きつめてみる

「必要」とは何でしょう。食物が欠かせないように、すべての人間の生存と発達に役立つもの、人間が人間であるかぎり、それを満たすことに努力しなければならないもの、それが必要です。必要には、人間の内部から発するものと、人間の外部から迫るものとがあります。ある人が必要とするものであっても、別の人は必要としないものもあります。また、万人に共通して必要とされるものもあります。

必要のないところに、真の議論はありません。明らかに必要なものについては議論は生じません。議論というものは、新しい必要を予想したり、新しい必要を考えたりする場合に行われます。漠然と必要だと感じたことが、議論の肉づけによって初めて、全体像が明らかになる場合もあります。口に出して、文章に書いてみなければ明確にならない思想があるのです。

「人間的要求と議論」(『人間礼拝』より)

046

忙しいのはうれしいこと

流れる水が腐らないように、何かにつけて新しく心が動き、身体が働くというのは、人を生き生きとさせます。人が歳末に「忙しい、忙しい」とこぼしながら、それをむしろ楽しんでいる心理は、現代人の一つのマゾヒズムかもしれません。私たちは歳末の忙しさによって身が締まり、気分が若やぎ、その中で生命力が新たに発芽するのを感じます。そういう意味で、学生たちの年度末の試験なども、未来に向けた刺激となるのです。

忙殺されて気が立っているとき、自分にもし仕事がなくて、頭も身体も暇で、手を空けてぼんやりしていなければならない境遇だったら――と、考えてみてください。それがどんなに退屈きわまりなく、苦痛であることかわかるでしょう。仕事があるのはうれしいことです。その仕事が自分一人のためでなく、間接、直接に他人のためになる種類のものであったら、さらに喜ばなければなりません。

「歳末の忙しさ」(『横濱貿易新報』一九二四年一二月二一日)

047

自分自身の目で物事を見る

人がほんとうに生きるということには、三つの真実の生活があると思います。一つは、物事を正しく、深く見るという生活。もう一つは、生活のために最も合理的な方針、堅実な理想を掲げる生活。最後の一つは、それを実行する生活です。

私たちは家庭や学校で、「正直」ということを人格の要素のうちで最も大事な一つだと教えられました。しかし、そこには、ただ「嘘を言うな」もしくは「正しく行え」という教えしかありませんでした。嘘を言わないようにする前に、まず何が真実であるかを知れ、正しく行う前に、まず自分自身の心で物事を見よ、という教えは含まれていなかったのです。それでは、真偽の判断を失い、何事も先人の意見のままに機械的に思考し、行動するしかありません。自分たちの行動にどういう合理性があるか、どういう理由で正しいと思うのか、と自問すると、私たちの思想や行動の大部分が、習慣や旧来の思想にとらわれたものばかりだということに気づきます。

「物事の真実を正視せよ」（『愛、理性及び勇気』より）

048

個性を有機的に結びつける

人は自分の内面にある無意識の世界が果てしないこと、その不思議さを信じるからこそ、未来に望みをもって生きてゆけるのです。個性の奥には、何が潜んでいるかわかりません。どういう必要性、あるいはどういう刺激によって、その新しい個性が飛び出てくるかわかりません。

一人の個性でさえそうなのです。まして、地上には無限の個性が日々新たに生まれてきます。それらの個性が互いに密接に結びついた社会が、無限に新しく成長し、変化し続けることを思うと、人間の未来は、たいして心配する必要もないように思えます。これまでの時代の人は、あまりに他人と未来を規定して導こうとしすぎました。それは思い上がりです。未来には自分たちよりもすぐれた人間が出現することを予想せず、自分たちの力量を過大評価して、未来のことまでたった一つか二つの方法、思想で規定できると考えていたのです。

「対鏡私語」(『愛の創作』より)

049

傲慢さは自分を損なう

私たちは他人に対して傲慢であってはなりません。傲慢は、自分を過大評価することです。それとは逆に、自分を大切にする自尊心を損なうものです。私たちはあくまでも、自分の内的な力を適正に判断し、それをできるだけ豊富に引き出して、自分たちの日々の生活としたいものです。

「婦人と自尊」(『愛、理性及び勇気』より)

050

集団生活は個人生活の延長

互いに助けあう生活は私たちの社会の理想ですが、それは独立を援助するための相互扶助です。立派に独立した個人が増えてはじめて、相互扶助、また連帯が強くなります。

たとえば、松や杉、ケヤキ、カエデなどの樹木が集まって、「森」という団体生活をいとなんでいます。それらの木々は互いに協力しつつ、一本一本の個性を保ち、独立して生きています。また、例えば、オーケストラの一人一人の奏者についていえば、それぞれヴァイオリニスト、フルート奏者などと独立しているのと同時に、楽員として相互協力しあう存在でもあります。楽員一人一人が音楽家として独立していなかったら、オーケストラは成り立ちません。

人間は個人生活をも、集団生活をも生きるものです。集団生活は個人生活の延長ともいえるでしょう。

「生活の消極主義を排す」(『心頭雑草』より)

051

夢の楽しさ、不思議さ

小野小町には夢を詠んだ歌が多く、小町は特に夢を愛したという説があります。私自身は、特に夢を尊重することもありませんが、夢見がよいと、その日一日の気分が何となくうれしく愉快で、心に張りがあり、仕事も意外にはかどるというような経験が月に二、三回あります。反対に、夢見がよくないと、気分がくさくさして、何をしてもうまく行かないというようなことも、月に一度くらいはあるようです。

昔の人のように、夢のなかでよい歌を得たというような経験はないのですが、小説や子どものためのお話の構想を夢のなかでとらえたことは何度かあります。人は夢を見ているとき、最も純粋な芸術活動をしているのだと思います。常々ぼんやりと考えていることや、どう解釈したらよいかわからないで悩んでいる問題などが、夢のなかではっきりと判断のつくこともあります。そういう場合、夢と現実とのあいだの境目はないような気がします。小野小町が夢を愛したという気持ちは、私にも想像できるように思います。

「夢の影響」（『愛、理性及び勇気』より）

052

希望を抱くことで活力のある人生に

誰もが、希望を実現したいものです。しかし、一人の力で実現できる希望と、多くの人の力を合わせて初めて実現できる希望とがあります。実現できるはずの希望のなかにも、いろいろな理由のために実現できずに終わるものがあります。むしろ人間の抱く希望は、その結果から見れば、実現できずに終わるものが大多数を占めるでしょう。

それでは希望を抱くことがムダかと言えば、希望はできるだけ多いほうがよいと思います。希望は、人が生きようとする力、活力に根ざしています。希望が乏しいのは、その人の内にある活力の乏しさと言ってよいでしょう。

人は、自分の抱く無数の希望に対して自ら批判を加えます。つまり、自分の力量と境遇とを考えたうえで、できるだけ価値の高い希望を抱き、その実現に自己の全力を集中するのです。もし、無数に湧きあがる希望を選ぶことなく、いちいちそれを実現しようとするなら、常にまわりを見てあせるだけでしょう。

「希望の選択」(『若き友へ』より)

053

人生は平板ではなく深みを増すもの

人は、自分が元気なときにはその健康をほとんど忘れていて、健康の大切さを自覚しません。少しでも病気になると、初めてふだんの健康が幸福なものとして対照され、他人の健康までもが羨ましくなります。

こんなふうに生活は、対照によって奥行きが生じ、平板なものから深みを帯びたものになります。男女、老幼、貧富、強弱、賢愚、新旧、美醜、善悪、明暗……こういう対照がなかったら、どんなに人生は化石のようなものになってしまうでしょう。私は対照を愛します。不断の変化によって生じる最も新しい対照を愛します。

「生活の変化」（『愛、理性及び勇気』より）

054

聡明な船乗りのように

急流を横断して対岸に渡ろうとする船は、到達すべき目標に向けて、決して一直線には渡りません。そんなことをすれば、対岸に着くことができないばかりか、急流に押されて下流へ流されてしまう結果になります。聡明な船乗りは、急流を渡るときには、上流へ斜めに舳先を向けて漕ぎ、ちょうど目的とする地点に着くように計らいます。しかし、聡明な船乗りがいつでも迂回するかといえば、そうではありません。波風の激しくない、潮流のおだやかな海を横断するときは、目的地に向けて一直線に舵を取ります。

現代の私たちは、新旧の思想が交錯する急流に漕ぎだして、向こう岸にたどり着こうとする冒険者です。古い思想の勢力が、個々人の生活を殺す危険があるばかりか、新しい思想もまた深いところからよく見て慎重にとらえないと、個々人の生活をダメにする危険を伴っています。中途半端な知識と軽率とは、人を過失に追いやる危険性があります。私たちはそうした思想について悩むとき、聡明な船乗りの準備と真の勇気とを学ぶことが理想だということに気がつきます。

「聡明・慎重・勇気」(『愛、理性及び勇気』より)

055

一つの事実にとらわれない

小さな船は、一つの波に乗るので揺れが激しい。大きな船になるほど、いくつかの波に乗るので揺れが少ない――。内心に複雑な経験や人格を持たない人間が、新しい問題にぶつかってあわてふためくのも、それと同じ原理でしょう。

たまたま目前に現れた一つの思想とか、一つの事実にとらわれてはいけません。人生はそんな単純なものではないのです。一つの思想、一つの事実が全体のことだと誤解し早合点することは避けなければいけません。

かたよった見方をしないよう、広く公平に観察しなければなりません。そして、それを自分の心の栄養、糧にするため、よく検討したうえで選択することが大切です。

「人間生活へ」(『人間礼拝』より)

056

考える人に、そして考え直す人に

私たちは考える人にならなければなりません。そして、自分の考え方が正しいかどうか、さらに考え、必要であれば、考え直す人にならなければなりません。

私たちの考え方というのは、他人の考え方を模倣していることが多いのです。新聞雑誌や本、友人や家族を通して伝わる現代の気分や思想、感情といったものに影響されていることも少なくありません。

他人から与えられるものに順応ばかりしていてはいけません。受け売りや模倣は断たなければなりません。言いかえれば、自主的に考え、自発的に、能動的に、創造的に考える必要があります。

「考へる生活」(『人間礼拝』より)

057

膨大な情報に流されない

現代の生活はいろいろ便利になって、外から供給される情報がわずらわしいほど多くなりました。一人の胃が受けいれられる食物の量には限りがあるのに、五人分、十人分の食物が目の前の大きなテーブルに並べられるようなもので、料理をじっくり味わう余裕もありません。新聞だ、雑誌だ、ラジオだ、というものが、ひっきりなしに新しい事実を魅惑的、刺激的に提供するのです。

絶えず気の散る生活であり、薄っぺらな知識が整理されずに混在するだけです。こんな生活に浸っていると、心に深みがなくなるのと同時に、自分の奥から何かを生み出す力が弱まります。言ってみれば、千本もの糸によって外からあやつられている人形のようなので、せわしなく動いてはいても、自力と自分の考えとで動いているのではありません。個々の新奇な情報は面白くても、時が過ぎればほとんどは忘れてしまいます。自分の本来的な仕事に精力を集中する、自主的な生活を心がけなければなりません。

「歳末の感想」（『横濱貿易新報』一九三二年一二月一一日）

058

一人でいる時、誰かといる時

人の心は、一人でいたい気持ちと、誰かと一緒にいたい気持ちとが絡みあっています。誰もがまったく一人ぼっちでいることには耐えられず、家族との団らんや友達との会合などを求めますが、そうかといって、いつも誰かといたいわけではありません。一人で考えたり働いたり、遊んだりする時間も欲しいのです。

この極端に矛盾した二つの気持ちが、同じ一人の心のなかにあるのが人間の心理の現実だと理解しておく必要があります。この矛盾が、人間の生活を多種多様にし、高め、深めてゆくのです。

人は誰かといることで鍛えられて健やかになり、孤独によって深められ、純粋になります。愛しあった夫婦でも常に向かいあっていれば、窮屈を感じる日だってあります。仲のよい親子のあいだでも同じことです。仮に半日でも、妻が夫から離れ、子が親から離れて、孤独のなかに自由に思索し行動したいと願うのは、自然であり、合理的な欲求です。

「人間の孤独性」(『心頭雑草』より)

059

人生も世界も無限に変化する

人間の世界はいろいろな力が交錯し、反発し、補いあい、沸騰するなかに、微妙ならせん状の道筋を描いて進んでゆくようです。だからある時は沈滞すると見えても、それが次に来る飛躍の準備であったりします。目前の、あるいはその瞬間だけの局面を見ても、全体を評価できないと思います。

それはたとえば、航海するのと同じです。激しい波や風にも出あえば、静かな凪にも出あう、というのがふつうの航海です。人生は、無限に変化を続けてゆくのですから、どんな人も未来の予想ができないのは当然です。運命は楽観して考えることも、悲観して考えることもできます。

ただ一つ言えるのは、人間の世界は少しずつよくなっていく、ということです。そのことは、世界のさまざまな状況、あるいは狭い自分の周囲を、五年目、十年目に過去を振り返りつつ見れば、明らかなはずです。

「秋宵雑記」（『明星』一九二二年一一月）

060

未来の変化に対して乗り切るには

人生は絶えず動き、絶えず変化しています。どんなに過去の経験を盾にとって頑張っても、私たちは未来を正確に予測することはできません。予測できるのは、表面的な一部分に過ぎません。世の中のたいていのことは、予想外の思いがけないことが起こり、激変します。今日までの習慣や規則をもちいて、新しい時代に向かおうとするのは笑うべきことでしょう。

それなら、人はまったく経験によって未来を支配することができないのでしょうか。常に新しい時代の激流に翻弄され、確かな自己の立場を失って苦しまなければならないのでしょうか。

私はそうした問いに対して、「いいえ」と答えたいと思います。私たちが人類の生活が変化してやまないものであることを自覚するなら、そして、私たち自身がより新しく、よりよく激変しようと努力するならば、世界の大きな変化に対して悠然と乗り切ることができるでしょう。

「戦後の日本」(『若き友へ』より)

061

人生は思想し、働き、よく遊ぶこと

正月三日のあいだの心は、誰もみな清々します。誰もが無邪気な子ども心にかえったような感じがします。おとそやお祝いの餅とか、羽子板《はごいた》の音とか、門松《かどまつ》など、それらは新しい気持ちをととのえる役目を果たすものです。

正月のような、効率や利益などからまったく離れた、のんきな気持ちのなかで人はしばしば命の健康を回復します。正月三日の間は、誰もが着飾るのがいい。酔えばいい。遊べばいい。歌って踊ればいい。

私は伝統的なおごそかさや整った様式を愛しますが、それ以上に愛と美と自由を愛します。この三つは、解放された情熱によって高まります。正月三日のあいだの気持ちというのは、さながら愛と美と自由の溶鉱炉《ようこうろ》です。人生とは、よく思想し、よく働き、よく遊ぶことです。

「正月の気分」(『若き友へ』より)

静的、動的、二つの欲望の間で

人の欲望は無限で、千差万別です。しかし、見ようによっては二つに大別することができると思います。ふつうに生きていこうとする部分、そして、よりよく生きていこうとする部分です。

前者は、静的で没個性的、慣習にのっとった習俗的なものです。後者は、動的で個性的、その人の独創が生かされた積極的なものです。前者によって過去からの習慣が維持され、いろいろな人の間に共通して行われ、後者によって個人の特徴が発揮され、未来の生活の新しい理想、新しい様式が示されます。

この二つの欲望は、誰にでも兼ねそなわっており、意識するかどうかは別として、絶えず入れかわり、流動しています。平穏無事なときはその矛盾を感じませんが、大事な場合に二つの欲望が互いに争って譲らないことがあります。大事な場合というのは、たとえば、教育や恋愛、道徳、政治、経済、宗教などの問題です。

「生活の二つの様式」（『我等何を求むるか』より）

Ⅳ 男女という性差を超えて

063

人としての価値は男女で差別されない

男とか女とかいう性別でもって、人間としての価値を差別する思想は、まったく道理に合わないものだと思っています。だから、だいたいのことにおいて、性別を眼中におかない時代が来ることを望みます。

その意味で、女性のみを対象とする学校や雑誌というふうなものを好みません。人間としての教育を公平に施す男女共学の学校を要求します。本にせよ、新聞や雑誌にせよ、わざわざ女性向けのものを出版する必要はありません。私たちはどうして、男性と同じものを読むよう社会から期待されないのでしょうか。

「女性の偏重」(『愛の創作』より)

064

愛と優雅とつつましさは男性にも必要

日本の女性は、生まれ落ちたときから「女らしく」という型にはめられて育てられます。女性の持ち物が、扇子《せんす》ひとつにしても小さく作られているように、男女の差別的意識はすべてのことにはっきりと現れています。女性たちは、「女らしく」という伝統的な思想にあまりにも従順に振る舞っています。

評論家は「女らしさ」について、愛と優雅とつつましさを備えていることだと言います。反対に「女らしくない」ということは、無情、冷酷、生意気、ものを知らない、不作法、軽薄などを意味するようです。しかし、愛と優雅とつつましさは、男性にも必要な性質だと私は思います。それは女性にのみ期待すべきものではなく、人間全体がもつべき人間性そのものです。それらを備えていることは、「女らしさ」でもなければ「男らしさ」でもなく、「人間らしさ」というべきものだと思います。

「苦中真珠」「『女らしさ』とは何か」(『人間礼拝』より)

065

男も女も現代人らしく生きる

「女らしく」ということばは、常に女性に対する批評の基準として用いられています。女性に教える者は「女らしくせよ」と教え、女性をとがめる者は「女らしくない」ととがめます。「女らしく」ということばの含む思想は、内気であれ、謙遜であれ、遠慮がちであれ、貞淑であれ、つつましやかであれ、優美であれ、弱々しい者であれ、従う者、頼る者であれ、先に立たずに第二第三の者であれ、憤る者でなく泣く者であれ、笑う者でなく微笑む者であれ、というのです。

昔の男女は主従の関係でしたから、多くの女性はその考えに従い、男性に支配されながら控えめな生活を営んでいました。けれども、今は精神的にも男性の相談相手となれるくらいの「自己」を作り上げなければなりません。知識をも感情をも、できるかぎり男性と対等に高めることが必要になってきました。今の女性に望むのは、「女らしく」でなく、男にも女にも共通な「現代人らしく」ということです。

「現代人らしく」（『人及び女として』より）

066

「女らしさ」は「人間性」と言いかえられる

「女らしさ」というものは、「人間性」ということばに言いかえることができる特性です。決して、女に特有なものとして、男から切り離すものではないし、それが最高の価値基準でもありません。女が「女らしさ」ということばから解放されることは、人間性に目覚めることです。人形から人間に戻ることです。もし、それを「女の中性化」と呼ぶなら、それもよいことだと受けとめてかまわないと思います。

「女らしくない」ということばが、昔から、どれだけ女たちの活動を押さえつけてきたことでしょう。けれども、現代の女の大多数はもはや「女らしくない」ということばに恐れを抱きません。「人間らしくない」ということばによって表現される人間性の破滅のほうが、現代人にとっては何よりも恐ろしいものであることを思わずにいられないからです。

『女らしさ』とは何か」(『人間礼拝』より)

067

女性たち、今こそ動き始めよう

山の動く日来《きた》る、
かく云へど人われを信ぜじ。
山は姑《しばら》く眠りしのみ、
その昔彼等皆火に燃えて動きしものを。
されど、そは信ぜずともよし、
人よ、ああ、唯これを信ぜよ、
すべて眠りし女《をんな》今ぞ目覚めて動くなる。

(山の動く日が来ました、／そう言っても、みな私の言うことを信じませんでした。／山はしばらくの間、眠っていただけで、／その昔、山々はみな火を噴き活動していたのに。／けれども、そのことを信じなくてもかまいません、／皆さん、ああ、このことだけは信じてください、／すべて眠っていた女たちが今こそ目覚めて動きだすのです。)

＊詩篇「そぞろごと」の第一篇より。日本で初めて女性だけによって刊行された雑誌「青鞜」の創刊号に載った詩です。女性たちを「山」に喩え、今こそ自信をもって立ち上がり、歩き出すときだと励ました内容は、人々の心を揺さぶりました。

068

女であることを意識する必要はない

人間に男女の性別のあることは明白な事実です。しかし、性別は、生殖に必要な役割分業にすぎません。そのことにおいては性別をみとめるのは正しいことですが、その他の大半の生活においては、性別を意識する必要はありません。職業生活において、信仰の生活において、果たして男女の性別を意識しなければならないでしょうか。従来は女性がそれを意識し、へりくだって控えめにしていたために、性別が階級のようになり、女性は個人として独立する心を失ってしまいました。

生殖以外の面において、自分は女である、「女らしく」しなければならない、という意識をもつのは害になることはあっても、益になることはありません。

「苦中真珠」(『人間礼拝』より)

069

夫婦は日々愛を創作すべき

愛を創作しようとしない夫婦は、古いしきたりにとらわれた夫婦です。古くさい夫婦です。そこには、新しい愛の生活はありません。名目的なことだけ、戸籍上のことだけ、世間体だけを重んじる夫婦でしかなく、常にはつらつとした愛の結合、夫婦の実質を備えていない者です。

「愛の創作」(『愛の創作』より)

070

男女は互いに独立した人間であり対等

私は夫に接するとき、夫の恋人として、夫の特別な親友として接しています。「妻」でなく、フランス語のアミイ（"amie"）という言葉のニュアンスで生活しています。

これまでの「妻」には、弱者とか、何でも言いなりに従う者という意味、あるいは、無自覚な愛と無知な従順といった意味がありました。それは、一人前の女が正しく主張すべき個性の尊厳も、生活の自由もない世界です。これからの聡明な女は、男と対等の実力と位置とを備えた結婚生活のほうが、自身のためにも夫のためにも、そして、社会のためにもより幸福であることを知るでしょう。

男と対等の実力というのは、思想の独立と、職業人として自活していけるだけの実力をともなうことです。

「妻の意義」（『人及び女として』より）

071

すべてのことに男女で連帯責任を

人生は男女の協同から成り立つものです。男女が、すべてのことに連帯責任を自覚し、その責任を公平に分担してゆくなら、そこには男女を基本とするむつまじい社会が実現するに違いありません。男性が特にいばることもなければ、女性が特に卑下することもないはずです。男性のほうが生活上の責任を多く負担し、女性のほうは少なく負担する、という不公平もないはずです。家庭内の労働にしても、男女でその負担に不公平があってはならないでしょう。

「寧ろ父性を保護せよ」(『女人創造』より)

072

結婚式や戸籍などの形式にとらわれない

私たちは従来の意味での結婚そのものを疑っています。儀式、同棲、戸籍上の届け出というような形式に重きをおく結婚に、どれだけの権威があるでしょうか。

今日までの社会では、結婚して同じ家に住むことができましたけれど、今後は経済上、また、その他の事情から、戸籍上の届け出もせず、同じ家にも住まないで、夫婦関係を結ぶ男女が次第に増えていくでしょう。ヨーロッパではそういう夫婦関係の人たちが、どの階級でも多数になっていく傾向があります。これは学者の道徳論などで制御できない社会的事実です。そういう夫婦関係においては、結婚という形式は、何でもないものになります。愛情が合えば協同関係を結び、愛情が破綻すれば別れてしまうほかありません。男女は必ず結婚すべきものという理想が揺れ動いているのに、貞操を守ることばかり求めてもどうやって保証されるでしょうか。

「貞操は道徳以上に尊貴である」(『人及び女として』より)

073

家庭も社会も男女協同の組合

私たちが性別役割的な思想から解放されていたら、女性だけの団体や、女性だけの学校教育といったものは、避けなければならないはずです。人生は男女協同の組合です。教育も男女協同、家庭も社会も政治も男女協同の精神と形式が望ましいと思います。

「質の改造へ」(『女人創造』より)

074

結婚も離婚も双方の意思によるもの

離婚に至ることは不幸ですが、離婚した後に別々に開いてゆく新しい生活が必ずしも不幸とは決まっていません。「禍《わざわい》転じて福と為《な》す」ということわざもあるように、性格の合わなかった妻と別れたために、初めてその人のよさを発揮できる幸福な生活に入った男性もたくさんいます。また、性格の合わなかった夫と別れた女性についても、同じことが言えます。

不当な離婚を一方的に強いられて、やむを得ず法的に争わなければならない場合も起こるでしょう。法律は現代の新しい思想であり、私たち市民の幸福のために作られたものですから、法律によって各自の権利を擁護することを嫌うのは時代遅れの考えだと思います。婚家の両親の気に入らない、家風に合わないということなどが離婚の条件になるのは、絶対になくすべき習慣だと思います。結婚も離婚も、まったく夫婦双方の意思によらねばなりません。

「離婚に就て（再び）」（『我等何を求むるか』より）

V 愛は常に訓練されるべきもの

075

大事な人が戦争に行ったら

あゝをとうとよ、君を泣く、
君死にたまふことなかれ
末に生れし君なれば
親のなさけはまさりしも、
親は刃《やいば》をにぎらせて
人を殺せとをしへしや、
人を殺して死ねよとて
二十四までをそだてしや。

＊「君死にたまふことなかれ」（『恋衣』より）

この詩の副題は「旅順口包囲軍の中に在る弟を歎きて」です。日露戦争に出征した弟・籌三郎《ちゅうざぶろう》の身を案じて詠まれ、歌壇では批判されたりもしました。戦地から戻った籌三郎は生涯にわたって晶子を支え続けました。

076

愛は訓練されなければ

人生においては、訓練や努力なしには、何ごともなし遂げられません。人生の完成を望む人は、自分の品性、そして周囲の人々をよりよいものにするために、さまざまな悲痛にも耐えなければなりません。

愛もまた必ず訓練されなければならないものです。愛は成長する可能性をもっています。その可能性をできるだけ大きくするために、私たちはみずからを訓練するのです。母として子を愛するにしても、素朴で本能的な愛のままでは、動物の母親が子どもを世話する程度の愛にとどまるでしょう。訓練によって、聡明さと綿密さ、そして人間的な深みが加わっていき、人間の母としての愛が完成されます。男女間の愛もまたそうなのです。

「愛の訓練」(『愛、理性及び勇気』より)

077

深く愛して深く生きる

真に深く愛することは、真に深く生きることです。誰かを、あるいは何かを真剣に愛さない人には、自分の生命の尊厳とエネルギーを体験することはできないでしょう。また、そういう人は、人生を断片的に生きるに過ぎません。人生全体を直感的にとらえる喜びは、愛のなかからだけ汲みとることができるのです。

愛さなければ、一つの美術品の美しさを心の底から受けとめることはできません。愛がなかったならば、男が女を、女が男を、友が友を、親が子を、子が親を理解することができるでしょうか。愛を基礎としない思想はすぐれた思想とはいえず、愛のともなわない経験は豊かな経験ではないのです。

「愛の訓練」(『愛、理性及び勇気』より)

078 愛をもって交流する

「共感」は、「愛」というものの別の表現でもあります。「私は」と言うべきところで、うっかり「人は」と言ったとき、無意識のうちに「愛」が自分から他者に向けられているのだと思います。「愛」は無限です。永久に若い夏の女王としてずんずんと成長します。「愛」に恵まれない思想は枯渇し、「愛」の足りない生活は破綻します。それは、「愛」が男女の結婚、もしくは社会民衆の問題に働くとき、最も顕著に経験されます。

人は「愛」をもって他者と深く交じわることで自らの生活を深くすることができます。それは、自らの生活を深く愛することになります。個人の愛の生活の極限は、全人類の愛の生活と響きあいます。私たちの生活の理想は、常にこの音楽的な境地にあるべきだと思います。

「愛の生活」（『人及び女として』より）

079

結婚後も訓練と努力が必要

最初から完全な愛を望むなんて、ニワトリの卵に夜明けを知らせて鳴くよう命じるようなものです。私は恋愛結婚を理想と考えていますが、本当に愛するに至っていないのに、一時的な好奇心や衝動、一時的な性欲や感激によって、二人が恋愛しているのだと思い込むことがあるのも知っています。そして自分の心を欺いて、軽率に結婚してしまう場合も多いのは残念なことです。

恋愛結婚は、男女双方の自由意思で選択するのですから、できるだけ結婚が成立する前に慎重にならなければいけません。互いに真に愛しあっていることを自覚して結婚しても、二人の間の恋愛は決して完成したのではありません。恋愛結婚した人たちは、やっとの思いで恋愛が成立すると、もう完成したものだと誤解して、それ以上の訓練や努力をしません。発芽した植物に栄養を与えるように、絶えず自分たちの恋愛を訓練し、より豊富に、より純粋に、より強くする努力を継続しなければいけません。

「愛の訓練」(『愛、理性及び勇気』より)

080

あの人が待っているような

なにとなく君に待たるるここちして出でし花野の夕月夜かな

歌集『みだれ髪』より

＊なんとなくあの人が待っているような気持ちになって、花の咲き乱れる野原を歩く夕暮れどき、気づけば月ものぼってきました――。恋に恋するような心情を詠んだ、与謝野晶子の初期の歌です。初々しく、美しい情景の描かれたこの一首は、一世を風靡した『みだれ髪』の代表歌といえるでしょう。こんな淡い恋ごころ、誰かに待たれているような気持ちを、いつまでも大切にしたいものです。

081

人間にも自然にも愛を感じる

私は人間に対しても、自然に対しても、物質に対しても、愛を感じます。つまり、自分の内側にすべての対象を取り込み、自分と一体化することを望むのです。

一本の野草のなかにも自分に似たもの、自分と共通したものが発見されます。私は、木の葉の落ちる様子を見れば自分の衰えを感じ、薔薇の花が香れば自分の吐息を聞くように感じるのです。

自分の内側に取り込まず、距離が離れていては、物の美しさも貴さもわかりません。対象を自分の内側に取り込んで初めて、その価値が体験できます。愛さずには、どんなものも真の意味では理解できません。

「歌を作る心理」（『人間礼拝』より）

082

愛は感情だけではダメ

「愛」を確かなものにするには、感情ばかりではダメです。「愛」には理性の協力が必要です。何を愛すべきか、いかに愛すべきか、ということには、自分の考えをしっかりもつこと、理性の判断が加わらなければなりません。

結婚するにしても、「ただ相手の男を愛する」というのではセンチメンタルな愛であって、現代の恋愛としては恋愛の名に値しないと言ってもよいでしょう。私たち一人ひとりの行為は、どんな小さな行為であっても社会とつながっています。だから恋愛も、二人が幸福な生活に導かれるなら、それだけにとどまらず社会を幸福にします。

反対に、恋愛が二人を不幸な結果に導くなら、結果的に社会にも迷惑を与えることになります。それを考え、男も女も、相手と自分との共通点と違いとを十分に認識しなければなりません。理性に裏打ちされた感情でなければ確かな感情とは言えないのです。

「女子の独立」(『優勝者となれ』より)

083

お互いに仕事も家事も

夫婦生活が円満に持続、発展するには、双方が教養によって互いの人格を美しく、清く、高くしようと努力し続けることです。また、夫婦がともに何らかの職業に就いて労働することも大切です。夫婦が共に働いて衣食を支え、苦楽をともにすることは、夫婦の愛を、緊張感のあるよい関係にすると思います。

そして、家庭におけるすべてのことを夫婦が協力し、分担するのがよいでしょう。夫が外の仕事、妻が内の仕事、というふうに分かれていないことが、夫婦の愛をいっそう濃密にする一つの大きな力になると思います。

夫婦生活を持続していくには、こうした努力が絶えず必要です。恋愛から出発したからといって、夫婦生活は決して順風の航海ばかりではありません。

「夫婦愛を濃密にする努力」(『婦人倶楽部』一九二五年一月)

084

愛情は変化し進化する

人間の心は、感情においても理性においても、幼年から少年へ、少年から大人へと、次第に移ってゆきます。数千年の間に文化生活を築きあげてきた人間は、少しずつよい方向へ行っているのだと思います。人間は進化するものです。

花の趣味にしても、食事や衣服の好みにしても、少年少女のときから一生の間に何度変わるかわかりません。それでこそ、人間の生活には進歩があるのです。

自分の結婚生活をかえりみると、二十年間にどれほど多く愛情が変化してきたことだろうと思います。最初のころの恋愛が続くわけではなく、夫婦で絶えず二人の愛情に新しい生気を吹き込み、壊しては立て直し、鍛え、深めるよう努力してきました。毎日毎日、新たな愛の生活を築きあげる試みをしてきたのです。

「愛の創作」(『愛の創作』より)

085

夫婦は毎日が愛の創作

私たちは昨日の恋愛をそのままに静止させ、その上に塗りかためて、「永久不変の愛」というようなものに寄りかかっているのではありません。常に二人の愛が進化し続けることを祈っているのです。

それでなければ、昨日の恋愛は心の化石であり、退屈と苦痛とを感じないではいられないでしょう。私の実感に基づけば、「夫婦は毎日毎日愛の創作をしているのだ」と言いたいのです。

「愛の創作」(『愛の創作』より)

086

離婚も悪くない

愛は漠然としたものではなく、二人の人間の実生活にかかわる大切な事柄です。初めは気の合わない夫婦でも、双方の真剣な努力を十年続ければ新しい愛の言葉が響きはじめることもあります。その努力をなおざりにするなら、十年どころか百年の間、一緒に暮らしても冷ややかで形式的な夫婦であり続けるでしょう。私は離婚を求める人たちに、果たしてどれだけ自分たちの愛の創作に努力したかを問いたいと思います。

しかし、どんなに努力しても気の合わない夫婦がいるのも事実です。そういう人たちは思いきりよく離婚するのが、双方の幸福であることは言うまでもありません。私は愛のない夫婦関係は壊すべきものだと確信しています。そういう夫婦関係は、いかに物質的に富んでいても、大きな不幸だからです。社会もまた、つとめてそういう人たちの行為を受けいれなければなりません。

「愛の創作」(『愛の創作』より)

VI 子どもを育てる喜びを分かちあう

087

教育は赤ちゃんのときから

子どもが生まれると、すぐに教育が始まります。授乳したり食事や衣服を与えたりすることが、すでに教育の第一歩です。人によっては、そうしたケアを「養育」と呼び、「教育」と区別しますが、私は区別しません。母親がどんな姿勢で、どんな心もちで授乳するか。わが子にゆっくり乳を飲ませるだけの穏やかなゆとりを彼女は心と身体に持っているか——。ささいなことに思えますが、子どもの心身に影響して一生を支配するものであり、見過ごしてはいけないと思います。

小学校に入って初めて教育が始まると思うのは大きな間違いです。一生の基礎となる人格の教育は家庭教育にあります。両親が健全な思想、柔和な感情のなかに日々を送っているか、現代人としての自己教育に励んでいるか——。こうした心がけによって、子どもに影響する一家の空気はよくも悪くもなります。教育を学校まかせにせず、両親は子どもの教育のために、常に自己を高め、深め、鍛えていかなければなりません。

「秋宵雑記」(『明星』一九二二年一一月)

088

子どもの激しい感情を受けとめる

腹立ちて炭まきちらす三つの子をなすにまかせてうぐひすを聞く

歌集『青海波』より

＊かんしゃくを起こして、炭をまき散らした三歳の子。気の済むまで待とうと思って、ウグイスの声に耳を傾ける私です――詠まれている「三つの子」とは、詠まれた当時三歳だった三男・麟《りん》のことと思われます。当時の暖房は火鉢でしたから、部屋には炭を入れた籠が置いてありました。その子はたぶん、それをわざとひっくり返したのでしょう。ウグイスが鳴いているというのは早春ですから、まだ火鉢が必要なくらい寒かったと思われます。当時、晶子には七人の子がいました。母親としてベテランの晶子が余裕をもって、幼い子を見守っていたことがわかる面白い一首です。

089

幼いうちは男女を自覚させない

私はなるべく十四、五歳くらいまでは、男女両性をほとんど自覚させないで教育したいと思っています。私の家では、女の子に兄に注意するときと同じような「男らしく」というようなことばを使ったりもするのです。男の子に「優しい人にならなければいけませんとも申します。

「座談のいろいろ」(『一隅より』より)

090

思春期は無理に押さえつけない

男の子も女の子も、中等教育を受けるようになれば、もうすでに一人前になりつつあります。どんなによい家庭であっても、赤ん坊のころから慣れている環境ですから、子どもにとっては単調に思えるでしょう。その反対に、家庭以外で見聞することは、ことごとく新発見の刺激と驚きをもたらすものです。自分の家の手の込んだ料理よりも、よその家や宿泊施設の粗食のほうを珍しがったりもします。父母きょうだいの話よりも、友人の意見のほうが新鮮味や魅力に富むものです。

巣立とうとする鳥を、無理に押さえつけてはなりません。教育を、学校と家庭だけに限定して考えるのもまちがっています。教科書以外の本から、また家庭以外の友人から多くのことを教えられる、ということを十分に心得ていなければなりません。よい友人をもつことによって得られるよい影響は、一生の力になります。異性との交際も、ものごとのわかった父母は、目立たぬように警戒しつつ許容するのがいいでしょう。

「子女の家庭的保護」(『横濱貿易新報』一九二三年四月二三日)

091

新しい世界に向かっていきなさい

いとしき、いとしき我子等よ、
世に生れしは禍《わざはひ》か、
誰か之を「否《いな》」と云はん。

されど、また君達は知れかし、
之がために、我等——親も、子も——
一切の因襲を超えて、
自由と愛に生き得ることを、
みづからの力に由りて、
新らしき世界を始め得ることを。

＊「我子等よ」（『晶子詩篇全集』より）

「いとしい、いとしい、わが子たちよ、／この世に生まれたのは禍だったのでしょうか／「違う」と誰が言えるでしょう。／けれども、あなたたちに知ってほしい／だからこそ、私たち――親も、子も――／すべての古い不合理なしきたりを越えて、／自由と愛に生きられることを、／自分たちの力によって、／新しい世界を始められることを。」

092

人格を尊重し自由に活動させる

人格を豊かに発展させるには、その活動を自由に、また多様にしなければなりません。活動範囲や活動の種類を制限しておきながら、個人の人格の完成を求めるのは無理なことです。

活動したいという本能は、赤ちゃんのときから現れます。口で吸い、手でつかみ、足をバタバタさせます。こうした筋肉の活動から精神の活動にいたるまで、その種類はさまざまです。赤ちゃんはこんなふうに体を動かすことで、自分の能力を試しているのです。もし、赤ちゃんの手足を縛って、活動を制限したらどんなに大きな苦痛を与えることになるでしょう。その不自然さを理解する人たちが、なぜ思春期以降の少女たちの活動を制限する不合理について理解しないのでしょうか。

男女の性別によって、素質の優劣があると考えるのは偏見です。すべての少年少女に等しい教育の機会を与えたいと思います。

「女子の活動する領域」(『女人創造』より)

093

親も本を読むこと

親は何よりも自ら実行してわが子を導くべきです。それは、植物をここちよい日光と恵みの雨との中に置くようなものです。わが子に口で言って教えることは、二番目と考えたいと思います。

たとえば、親が本を読まないのに、子どもに本を読めというのは、親として恥ずべきことです。また、親がよい友人と付きあわないのに、子どもに友達を選べとは言いにくいことでしょう。

「親として」(『砂に書く』より)

094

子どもにどんな生き方を望むか

私は子どもたちに、心配ごとのない楽な一生を送ってほしいとは思いません。親である私たちがいま味わっている苦痛よりも、さらに激しい苦痛に出あってもよいから、力いっぱい、わき目もふらずに活動し、それぞれの人格に適した新しい生活を作りだす人間になってほしいと思います。

変化の激しい世の中ですから、「こんな人になってほしい」という具体的なことは考えられません。人にはもって生まれた天分があります。運命や境遇は自力で変えることができるとしても、変えられるだけの天分がなければそれもむずかしいでしょう。もてる力を使って、まじめに堅実に努力する人であってほしいというのが、私の考えです。

「わたしの女の子に対して」(『中央公論』一九一三年七月)

095

子どもは子ども自身のもの

私は子どもを「物」だとも「道具」だとも思っていません。一つの独立した存在である人格者だと思っています。子どもは子ども自身のものです。「社会のもの、国家のもの」とは、決して考えません。

「平塚・山川・山田三女史に答ふ」（『心頭雑草』より）

096

理性をもって愛すること

複数の子どもを育てた経験から、親がどの子に対しても平等な愛情を注ぐということは、理知によって自分の愛情を絶えず訓練するのでなければ不可能なことだと思います。それには多大な努力が必要です。愛情を自然に発するままにまかせれば、一番上の子と下の子が特別にかわいく、他の子は憎らしく思ったりすることもあります。これを自然な感情だと言ってコントロールしなければ、非文明的、不平等なことになります。

自分の子どもに対して平等な愛を注げないほど幼稚な人間が、家族的、社会的、人類全体に博愛、平等、正義の精神を実現することがどうしてできるでしょう。そういった意味から、夫と妻、親と子の間の愛情を鍛えることが、文明生活の基礎として何よりも必要だと考えるのです。

「愛は平等、教育は個別的」（『若き友へ』より）

097

親にならない生き方もある

すべての男女が親になるべきだとは思いません。結婚しなくても、子どもをもうけなくても、人類の文化生活に貢献する人はいるのですから、人間の理想をすべて母性とか父性とかにおくべきではないと考えます。

仮に、すべての人が親になるとしても、親であることが文化生活の全部であるわけでもなく、男女どちらも家庭生活に縛るべきではありません。

「女性の偏重」(『愛の創作』より)

098

親は既知数、子どもは未知数

子どもは一人ひとり性格が異なるので、ある子にはたくさんアドバイスし、ある子にはあまり口出ししないという調整が必要です。画一的な教育は、学校だけでなく家庭においても避けるべきものです。わが家では、早熟な子には三歳からひらがなを教えましたが、その子は苦にせずどんどん字を覚えました。反対に、発達の遅い子には、学校で習う以外のことはあまり教えないようにしました。強制はしません。そして、どの子にも、わからないことは正直にわからないと言って、親を「何でも知っている人」と思わせないようにしています。わからないことは子どもと一緒に研究するようにしています。

親は既知数ですが、子どもは未知数です。子どもには親を越えてゆくことを心がけさせなければなりません。私は自分の子どもたちに「親を過信するな。親の知らないこと、なし得ないことをあなたたちは知るようになり、なし遂げるのだ」と言い聞かせています。

「我子の教育」（『愛の創作』より）

099

思想や感情の栄養となる本を

子どもを大人よりも劣ったものと考え、子どもに媚びるような、くだらない読み物を与えるのは好きではありません。子どもは案外むずかしい読み物を欲しがり、自分の読書力を上回る本を読んでみようとするものです。人に手を引かれて苦労のない道を行くことを好まず、自ら好んで未知の世界への冒険をしようと試みます。

子どものための読み物を書く人は、深い人間愛と、立派な識見と、美しい情緒と、正しい言語文章とを備えた詩人、文学者であってほしいと思います。子どもがやがて大人になったあとも思い出し、なつかしみと尊敬の念を抱くことのできる作品、子どもの一生を通じて、思想や感情の栄養となる作品、そういうものを提供していただきたいです。

「少年少女の読物」(『光る雲』より)

100

父親としての責任を軽視してはダメ

これまでの父親は、その家庭における親としての責任をあまりにも軽視してきました。母親が子どもに対して経験する苦労を、たいていの父親は経験しません。例えば、乳児をもつ母親はだいたい睡眠不足に悩まされています。夜泣きをする赤ちゃんの場合、母親はほとんど眠れないということもあります。もし父親が、そういう苦労を分担して、精神的にも肉体的にも子育てにかかわるなら、世の中の母親たちは、これまでのような過労におちいらなくてすむでしょう。

母性ということが言われますが、むしろ父性の不足していることを責め、男性の自覚を求める必要があると感じます。世の父親たちは、経済的な仕事に熱中して家庭をかえりみず、わが子の育児について親としての責任を忘れています。子どもを母親まかせにする賢母良妻主義とは、つまるところ、父親が親としての責任を回避する主義ともいえるでしょう。言いかえれば、男女の性別によって親としての責任に差をつける主義なのです。

「女性の偏重」(『愛の創作』より)

101

両親で育児の責任を分担する

今の男性たちは家を留守にしすぎます。社会全体の景気がよくないことで、男性がそういう働き方を余儀なくされるという事情もありますが、男性の父性が非常に鈍っており、子どもたちを育て導くという仕事を女性と分担しようという、責任の気持ちがないからです。

母親に代わって赤ちゃんを抱いたり寝かしつけたり、オムツを替えたりすることを、男子の恥じだと感じる父親がたくさんいます。彼らは、赤ちゃんのために母親がどんなに睡眠不足が続いているか知らないのです。たとえ知っていたとしても、同情することなく、ひと晩でも母親に代わって、子どもたちを寝かしつけるためにお話をしたり、夜中にふとんをかけ直してやったり、ということはしないのです。

「寧ろ父性を保護せよ」（『女人創造』より）

102

両親の平等な愛情の中で育てる

子育ても教育も、父母の双方が同じように親としての愛と労力を注ぐのが正しいあり方です。父親は主として家の外で働く者で、母親はもっぱら家庭内の仕事にかかわらなければならないということを主張する男性がいたなら、その男性はあまりにも、父性の責任を粗末に考えています。

その一方で、そういう習慣に甘んじて、子どもに対する親の責任を一手に引き受けている母親もまた、それが立場をわきまえないことだと悟らなければなりません。子どもは、両親の平等な愛情のなかで育てられるのが正しいあり方です。母親だけがその責任に当たるのは、変則的なことであり、かたよったことです。

親としての責任は、人間の創造にあります。人間が子どもを生み育てるのは、単に種の保存という生物学的な責任を果たすだけでなく、文化的な生活を継続し、開拓者となる新しい人類を創造することなのです。

「寧ろ父性を保護せよ」（『女人創造』より）

103

子どもが最適な職業を選べるように

私たち夫婦は、自分の子に何の職業に就かせようという期待をもっていません。それぞれの天性のものと学力によって、子ども自身が最適と思える何らかの職業を選べるだけの教養を与えるのが、親の愛であり義務だと考えています。ただ、働かず怠惰に日々を過ごすことは人間として悪徳だと自覚させるようにしています。

そして、ある年ごろになった子どもには、「どんな職業に就いて自立するか」ということを考えさせるのがよいと思い、その参考として親の意見を述べています。長男は、中学を卒業する前に、理科系か医学系に進みたいというので、本人の希望にまかせました。次男は、フランスの法律を学びたいというので、同じようにまかせました。親の収入が許すかぎり、どの子の進路も希望に沿えるようにしてやりたいと考えています。

ただし、本人の性格に合わない進路を希望する子がいたら、やんわりと再考を促さなければ、と思います。

「我子の教育」(『愛の創作』より)

104
一人ひとりに合わせた育て方を

子どもたちの教育には、一つの法則を当てはめることはできません。親は子ども一人ひとりの持っている性質をよく理解し、個別の教育法を選ぶことを怠ってはなりません。義務教育が画一的であるのは、大人数を一つの教室に集めて教育するうえからやむを得ないことと思いますが、家庭での教育は、できるだけ個別である必要があります。

たとえば、「子どもを叱ってはいけない」といっても、それがすべての子どもに共通した法則にはなりません。子どものなかには、まったく叱る必要のない子があります。そして、叱れば逆によくない方向へ行ってしまう性質の子もいれば、叱った方がよい子もいます。わが家には現に、この三つのタイプに当てはまる子たちがいて、必要のある子には教育の一環として叱っております。よその方が見れば、親としての愛情に差があるように誤解されてしまうかもしれませんが、私たちは自覚したうえでこういう個別的な教育法をとっているのです。

「愛は平等、教育は個別的」（『若き友へ』より）

105

子どもはのんびり素直に育てたい

現在の子どものための読みものは、あまりにも感傷的に書かれています。空想的な感激がまさって、科学的な実証性に欠け、不合理と残忍さと悲哀に満ちています。またことばづかいに品がなかったり、あまりにも教訓がかったことが露骨に書いてあったり、子どもをのんびりと清らかに素直に育てよう、広々とした気持ちで楽天的に育てよう、とする私の思いに合わないものが多いのです。それで、近ごろはできるだけ自分でお話を作って話して聞かせるようにしています。

(『おとぎばなし　少年少女』はしがきより)

106

新奇なものに魅了される子ども

子どもは、新奇なものと驚異と変化と破壊を喜びます。彼らは、激しい感情と猛烈な意志をもって、一つのことに熱中します。けれども、その熱中を持続させず、花から花へ移る蜂のように、欲望の中心を絶えず変えてゆきます。子どもにとって、この世界は珍しい宝の蔵のようなものです。未知の不思議、新しい冒険、甘美な興味が限りなく彼らを取り巻いています。

親と教師は、こうした人間の若芽のもっている性質をよく理解していなければなりません。これを子どもの軽はずみな性質のように退けるのは思慮の足りないことです。移り気の状態にあるのは、子どもという若芽が日ごとに発育していく自然な経緯です。

子どものときの熱中はたいてい一時的です。たまたま興味を抱いているからといって、その子がその方面に適しているように早合点し、将来の職業を決めてかかるようなことがあってはなりません。

「子供の気分」（『我等何を求むるか』より）

VII

さまざまな自由を求めて

107

自由へのあこがれを持ち続ける

私たちが「自由」に対するあこがれを捨てない限り、必ず自由は復活します。ただし未来の「自由」は、より完全な「自由」でしょうから、そうやすやすとは復活しないだろうと思います。今日私たちが、「自由」とは反対な思想の強い力に圧迫されているのは、一つの大きな苦行に堪え、新しい「自由」を待ち迎える用意のためなのだと私は考えています。

困難に出あったとき、かえって勇気が湧き、実力が発揮されることがあるように、国民としても、国難のために萎縮することなく、むしろ国難を一つの契機として、新しい社会づくりをめざし、「自由」を求める覚悟をしなければなりません。

「自由の復活――女の立場から」（『讀賣新聞』一九三六年五月五日）

108

私たちは自由な魂を持っている

木は皆その自《みづか》らの根で
地に縛られてゐる。
鳥は朝飛んでも
日暮には巣に返される。
人の身も同じこと、
自由な魂を持ちながら
同じ区、同じ町、同じ番地、
同じ寝台《ねだい》に起き臥《ふ》しする。

＊「繫縛」（『晶子詩篇全集』より）

何よりも自由を求めた晶子が、ままならない日常を嘆いて書いた詩ではないでしょうか。

109

偏見を捨てて心を解放する

人間の生活の内容は複雑ですから、どんな事柄も何が原因で起こったか決めつけることはできないと思います。すべての思い違いと混乱は、目の前のことにこだわり、それだけに価値を見いだすところから始まります。

人生は絶えず流動し、進化するものです。小さな思い込みにこだわることで、どれだけ本来的なものを見落としてきたかわかりません。人間が本当に自由を望むのであれば、何よりも、各自の心の牢獄になっているそうした強大な偏見から解放されることを第一に心がけなければならないでしょう。そうして初めて、自由で伸びやかな生活がひらけてくるのだと思います。

「一切の偏見を捨てよ」(『婦人倶楽部』一九二一年七月)

110

自分の個性を自由に広げる

人の個性というものは、年を重ねるに従って、一つにまとまる方向で充実し、小さく完全になろうとする傾向が増すように思います。理想を追い求める空想的な部分は内に潜んでしまい、現実の苦みをかみしめようとします。そして、現実生活において必要でないことに対しては、興味を抱かなくなってしまいます。

個性を核として流転する社会の大きさを思うと同時に、個性が社会によって圧迫されるという矛盾も思わずにはいられません。

人の一生は、自分の外側を取り巻く社会と均衡がとれるまでに、自己を自由にどこまで広げられるか、という努力にほかならないと思います。それには、優れた天才の作品から刺激を受けることも必要ですが、まず、自分の個性を広げる必要を自覚し、自らその方法を発見しなければなりません。

「私の今の実感」(『我等何を求むるか』より)

III

夫も妻も自由に発言し、自由に行動する

私たちは家庭にも二種類あることを知っておかねばなりません。

一つの家庭は、親権主義、家族主義の家庭です。この旧式な家庭は、父親が専制君主のような権威をもっています。こういう家庭では、人よりも家、家柄、家の財産、家の名誉、家の習慣というようなものが重んじられます。ここには、真の調和がありません。

もう一つの家庭は、一夫一婦主義、男女平等主義の家庭です。私たちは、このタイプの家庭を広く実現されるべき合理的な家庭だと考えます。恋愛によって結ばれた二人の組員から成立している協同団体であり、すべて話しあって決めますから、夫が家庭の主人でもなく、妻が夫に奉仕する奴隷でもないのです。男女の人格が平等であることを認めた協同生活ですから、夫も妻も、同等の権利と義務のなかに自由に思索し、自由に発言し、自由に行動しながら、それぞれの個性を発揮し、夫婦生活を単位として社会生活、国民としての生活、世界の一員としての生活にまで延長し、完成させようと努力します。

「家庭に就ての反省」(『若き友へ』より)

自由で独立した個人として生きる

男女が人間の性の区別であり、人が生まれながらに持っている生の本能の質や能力、尊厳の差でないとすれば、「人」ということばは、男女を含むいっさいの人類を平等に意味することばだということは明らかです。ところが現実には、この自明のことが忘れられ、「人」という言葉の意味から女性だけが除外され、個人としての権利が奪われています。

女性が独立した個人になるには、いろいろな自由を得なければなりません。教育や労働、恋愛、言論などの自由です。これらは男女どちらにも必要な自由ではありますが、まだ十分に実現されていません。

自由は「束縛」の反対というだけでなく、気ままな好き勝手とも反対のものです。自由に生きようとする人は常に、さまざまな束縛だけでなく、自分自身の無反省な言動によって縛られてしまう状況にも注意しなければなりません。

「女子と自由」(『我等何を求むるか』より)

113

個性は何ものにも支配されない

個性は、それぞれの人にとって、世界の創造者であり支配者とも言うべきものです。個性は自己以外の何ものにも隷属していません。個性はまったく自由です。解放された個性の持ち主は、何ものにも自己以外の権威を認めない代わりに、すべてのものを自分のものとして生活します。

人間は何ものにも支配されません。何ものの犠牲にもなりません。私たちは、どんなものにも自己の生存権を侵食されることなく生きるのです。

「自己に生きる婦人」(『人間礼拝』より)

114
自由は守られるべき社会的な約束

個人が、その特殊な経験を自由に発展させられる生活、それが何よりも望ましいことです。政治的、経済的、教育的、哲学的、社会的な自由は、誰にとっても必要であり、社会的に守られるべき「約束」です。

恋愛や芸術は、最も個人的な生活です。これらは徹頭徹尾、個人の創造性を実現すべき性質のものです。法律もまた共通の社会的な約束ですが、もし仮に、恋愛や芸術が法律によって何らかの制限を加えられることがあれば、私たちは抵抗し、その法律を廃棄しようと企てることでしょう。現代においては、それに似た有害な共通の約束が勢力をもっています。

「苦中真珠」(『人間礼拝』より)

*この文章が書かれたころ、政府は言論統制を強めていました。発行された雑誌や書籍が検閲によって発売禁止となることは珍しくなく、思想家や文学者は絶えず緊張と不安の中にいました。「有害な共通の約束」とは、そうした検閲や発禁処分を可能にしていた法律を指すのです。

115

家庭においても互いに自由に

男女平等主義の家庭においては、それぞれの個性と必要に応じて自由に行動します。夫も妻も、個性に適した学問、芸術、農工商その他の職業を選んでそれに従事します。経済生活の安定と独立を得るために働くというばかりでなく、その個性を発揮して、小は社会生活から、大は世界人類の生活にまで貢献し、それをもって自己の人格的生活を展開しようとせずにはいられない必要から、自発的に働くのです。

従来の家庭では、そうしたことが不可能でした。女性は教育の自由も、研究の自由も、職業の自由も禁じられ、ただ不完全な意味の賢母良妻として男性に隷属させられているばかりでした。しかし、男女平等主義の家庭には、教育の自由と職業の自由があり、妻も夫と対等に思索し、研究し、労働します。こういう家庭にこそ、初めて真のいつくしみや幸福があり、こうした家庭を単位としてこそ、社会や国家、ひいては世界人類の生活が、健全さと聡明さ、一つにまとまる志と幸福とを備えて発達することができると思います。

「家庭に就ての反省」(『若き友へ』より)

116

平和は愛と正義と平等と自由のなかに

私は予言します。多くの資産をもった人も日々の仕事に追われる人も、人生の真の平和が愛と正義と平等と自由のなかにあることに深く思い至る日が来れば、その生活ぶりを変えるに違いないと。

資産をもった人は営利的な利己心や特権、働かないで収入が得られる生活を投げだし、自ら仕事に従事する生活を選ぶに違いありません。一方、日々の仕事に追われる人も、雇い主に言われるままに働き、いつかは自分もそういうふうに人を支配したいという利己的な思いを持つのをやめるでしょう。

「階級闘争の彼方へ」(『女人創造』より)

VIII

考える人として若々しく

117

いつまでも若さをもって生きる

私は、長寿よりも「若さ」を常にもっていることのほうがめでたいと思っています。老いて血管が硬化するように心の自由な躍動を失った人と違い、感情の熱を常に心の底に湧き立たせている人には、新しい刺激を感じとり、はっと驚くだけの「若さ」が備わっています。「若さ」は、その人の生命がたくわえている豊富な成長力——生きようとする力そのものです。言いかえれば、どんなふうにも伸びる可能性をもった子ども心です。

大人になっても、そういう「若さ」をもっている人にのみ、いつまでも新しい生活があります。悲観や泣きごと、不平、皮肉、非難、あきらめばかりが心を占めている人がいたなら、それはすでに「若さ」を失い、老いの域に入った兆候でしょう。

「若さ」を保つ重要な方法としては、自ら進んで精神的、肉体的な仕事をすること、また、できるだけ学問や芸術の世界に遊ぶことだと思います。

「人間の若さ」(『愛の創作』より)

118

考える人は一から創造する

私たちは考える人にならなければなりません。私たちの考え方には、他人の考え方をまねしているところが多いのです。教科書や参考書だけに頼っている教育が真の教育でなく、先人の手法や型を守っている芸術が真の芸術でないのと同じように、私たちの感情や思想が、古今の人から与えられたままを踏まえたものであるなら、真の自分たちの生活とはいえないでしょう。自主的に、自発的に、そして能動的、創造的になることが必要です。

今日の人間は、いかに多く、また速く、他から与えられた刺激に順応しようかとあせっているように見えます。物質的にも精神的にも、流行を追いすぎます。考える人になるというのは、一から創造することです。自己の精神を活かして表現することです。考えることを忘れた行為はすべて、身体的、物質的な行為です。

自ら考え、自ら肯定し、自ら創造した生活をすることが大切です。

「考へる生活」（『人間礼拝』より）

119

せっかちになり刺激を求める最近の風潮

近代人の心理に共通したものの一つは、急速な変化を喜ぶということです。表現を変えれば、人はそれだけせっかちになり、飽きやすくなり、あれこれと刺激を求めなければいられなくなったということです。

昔だったら、一生かかっても同じようなことに没頭して、退屈を感じなかったのに、今の人たちは一分、一秒の間の我慢すらできない場合が多く、いらいらとして心せわしく日を送り、ただでさえ短い人生を、自分から短くしてしまいます。移り気であり、投げやりであり、刹那主義であるというのが、今の人の風潮です。

社会もめまぐるしく変化し、落ち着きを欠き、その後に残る立派な功績というものが乏しいのです。目の前のことがにぎやかで面白ければ、そして、その場をしのげればよいので、他のことをかえりみる余裕がないのです。そのため、政治がもっぱら政権と利権との争いの手段となり、正義を守ることも国民の幸福を増すこともしてくれません。

「短夜雑記」(『横濱貿易新報』一九二五年七月五日)

人はたえず新陳代謝を行うもの

人間は植物と同じように、ずんずんと伸びてゆきます。身体的にも精神的にも、たえず新陳代謝が行われています。動いて止まることのない人間の生命、その生命の舞踊である現在の生活に、一瞬の「振れ」の変化はありますが、一定の「形」の持続はありません。ちょうど、海の波や、たばこの煙、そして香りが瞬時も静止することなく、千変万化の「振れ」を見せるのと同じです。

人がある時期、恋愛に熱狂し執着するのも、生命の内から発する一つの「振れ」でしょう。その一つの「振れ」を誇張し、固定させて恋愛中心説を立てたいような気持ちになることが、人生には必ず一度はあります。私にもかつてそういう時期がありました。けれども、人の生命は、ずんずんと伸び、広がり、充実してゆきます。次の時期には、経験は理知の開花を促し、人はほとばしる感情を調節しようとします。

「私の恋愛観」（『我等何を求むるか』より）

121

物事をできるだけ多くの面から見る

物事の一面のみを見て説を立てると、かたよって不公平な考えに陥りやすいものです。人の能力には限りがあり、あらゆる面から観察することはできないからです。ですから、意識してすべての面のうちいくつかの面だけでも、できるだけ多く観察し、自分の知らない多くの方面があることを忘れず、他人の意見を聞き、自分の短所を補う心がけを怠らないようにしたいものです。

独断は退けなければなりませんが、吟味して疑ってみる懐疑の姿勢は喜ぶべきものです。独断は一面のみの観察から生じるものですが、懐疑は一面のみの観察に甘んじることなく、全体を正しく知ろうとするところから生じます。私は、「もう何でも知っている」というふうな心もちの人たちには飽き足りません。一つ理解すると、また、その先にわからない一つの事柄に突きあたり、それを何とかして解決しようと苦心する人――そういう人たちを私は尊敬します。

「一面観の非」（『愛の創作』より）

人間と自然は対立するものではない

自然は、人間と別のものではありません。人間の背景でもありません。自然は、人間そのものです。

自然を、郷土とか、田園、山河などに限定して考えるのは、一種の錯覚だと思っています。都市にある人工物も、自然ではないかと思います。自然が最もよく練られ、実生活に合うよう加工されたものが人工物だと思うからです。だから、物質的文明も、精神的文明も自然です。

郷土とか田園、山河などに自然を限定しておいて、そうして自然を愛するという人は、自然の解釈を誤っているのではないでしょうか。

「自然と人」（『若き友へ』より）

123

愛と理性をもって理解しあう

火が熱いという実感は、火をつかんだことのある人が一番よくわかっていることです。そうでない人は他人が火をつかんだ経験を書いたものを読み、理論的に推測するほかありません。このことを思うと、私は寂しさと哀しさを感じます。それは、自分がある程度以上は他人に深く理解されないという寂しさと哀しさです。

この思いは、夫婦、親子、きょうだい、友人の間においてさえ、常に感じることです。夫と私は互いによく理解しあっているように思うのですが、何かの場合に意見や気分、感情の食い違いがあって、互いに気まずい思いをすることがあります。もし、愛と理性という支柱がなかったら、一本のマッチから大火事が起こるように、小さな感情の行き違いが夫婦のあいだの大きな破裂を引き起こす原因になるかもしれません。人は、ある程度から奥は同じ実感を持ち得ないものであることを受けいれ、食い違う部分は愛と理性とをもって取り除くべきだろうと思います。

「愛と理性」（『若き友へ』より）

失敗を気にしすぎずに進むことが大事

人生に過失が伴うことはしかたありません。新しい経験をしようとすれば、常に冒険が先立ちます。経験の少ない青年期には、行く手に広がる闇を照らすだけの灯火《ともしび》を豊富にもっていないのですから、前もってよく準備したつもりでも誤算があり、過失が生じることになります。中年以上になっても、人生は奥の知れない洞窟であり、知識の光の及ぶ範囲には限度があります。

人生が絶えまない冒険であり、ややもすれば不注意から過失を生じさせてしまうのが常だとすれば、過失の意義をきちんととらえて原因を探り、再び繰りかえさないように心がけることが大切です。けれども、あまりにも過失を重くとらえ、必要以上に責任の苦痛を感じる必要はないと思います。人は、過失を悔やんだり、悩み苦しんだりするために生きているのではありません。いかなる場合でも、よりよく生きようと努力することが人生の目的だと自覚して、迷わずに進みたいと思います。

「過失と冒険」(『愛、理性及び勇気』より)

125

一つの思想にとらわれないで生きる

思想は統一されるものではありません。一つの思想にとらわれず、新しい思想を示して初めて、人類の創造的進化に参加して、それぞれが自分の力に応じた貢献ができるのだと思います。思想が一つに固定されてしまったら、世界は化石状態となって、人類は発展の余地がなくなります。

「激動の中を行く」(『激動の中を行く』より)

社会的生活には新しさと古さの両方が必要

人は社会的生活者です。その生活には二つの面があります。一つは普通の生活、もう一つは特殊な生活。

普通の生活は昔からの伝統にのっとり、習慣に従い、常識で何でも片づける生活です。これによって人々の生活は社会的につながります。けれども、こればかりにかたよれば、社会は萎縮し、腐敗します。進歩が止まり、創造が起こらなくなってしまいます。

一方、特殊な生活は、新しい学問や思想を生み、新しい娯楽を作り、新しい様式をもたらす生活です。これによって社会は未来へ芽吹くのです。個人の特徴に刺激され、社会は活気に満ち、飛躍し、沈滞から救われます。文化の進歩はこれによって実現されるのです。しかし、個人がしたい放題を続ければ、社会的連帯は失われてしまいます。

二つの面の生活が過不足なく融合したものが、個人を成立させるとともに、社会をも形成してゆくのです。

「一般労働の分担」(『愛の創作』より)

127

自分自身も純粋な自然

私は自然を愛しています。そして、自分自身を最も純粋な自然だと思っています。私にとって、「自然」と「自己」は同じことを表しています。一本の草でも、そのなかに自己の芳香を嗅ぎ、自分の美しさを見つめ、自己の魂に触れるという実感がなかったら、本当にその草を愛しているとは言えないと思います。

「寒菊の葉」（『女人創造』より）

思想と経験は人生で大切な二つ

思想は経験を鍛え、経験は思想を豊富にします。この二つは、人生の最も大切な内容であり、人が自分の生活を幸福に発展させようとするならば、いずれも欠くことのできないものです。

私自身をかえりみると、まず経験から出発しました。小学校や女学校で受けた程度の教育は、どういうものが生活に役立つか合理的に考える力を育ててくれませんでした。それで私は、まず自分自身で試みるしかないと考え、できるだけ新しい経験を積んできました。要するに、思想的にはほとんど何の自覚もなく、妻となり、母となったのです。

もし、出発の時点で、思想をもってから経験し、経験の蓄積によって思想を充実させていったなら、もっと聡明さと勇気に満ちた愛と自由の生活を建設できただろうと思います。

「思想と経験」(『愛、理性及び勇気』より)

129

他人を知るのは自分を知ること

人生の目的は、個人個人の経験を塗りつぶして、平均的にすることではありません。それぞれが自由に経験する一方で、他人の特殊な経験も利用し、鑑賞しあって、未来へ、未来へと、新しい豊富な、よりよい生活へと展開してゆくことだと思います。

似たような感情や思想を共通してもつのは、すべての人が理解しあうためにもちろん必要なことですが、それが人生の全部でも、中心目的でもないのです。すべての人は、それによって、一緒に集まり親しくすることができます。

けれども、それ以上に打ちとけて仲よくするには、反対に、共通のものでなく、似たものでもない、一人ひとり異なった、優れた香味と色彩とをもった特殊な経験を提供し、自己の知らない生活を鑑賞し、そこで同感しあうことが大切なのではないでしょうか。

「苦中真珠」(『人間礼拝』より)

詩や音楽、お酒…人生の楽しみはいろいろ

お酒を飲むことを絶対に禁ぜよ、というのは、人生から花や恋、詩や美術、音楽といったものをなくせよ、というのと同じで、人間の心理の機微を知らず、感情の乾いた人たちの言うことだと思います。もちろん、これらの享楽も度を越せば害となります。
お酒は詩や音楽に比べると、俗な楽しみといえるでしょう。けれども、人生からお酒の楽しみを奪うのは、詩や音楽を奪うよりもむずかしいことだと思います。何ごともそうですが、教育によって節制を教えればよいのです。

「婦人の禁酒運動に反対す」(『激動の中を行く』より)

131

どの季節よりも秋を愛する

感情が豊かで物事に感じやすいことは、人間の最も人間らしい心です。その心は秋という季節に触れ、浸ることによって澄み、深められます。秋の示す微妙で複雑な様相は、人間の多感多情の一つひとつに適した姿です。

青く澄む秋の空を見上げただけでも、人は広々とした崇高な気持ちの交じった感激を覚えます。名もない草の一葉が黄色や紅に染まった姿を目にしただけでも、形あるものの変化の哀愁を感じずにはいられません。勝ち誇った心の人も明日は衰えてゆくことを予感し、すでに衰えの境地にある人は自分の一生の最後に輝きを刻みたく思うでしょう。

人は近づく人生の「冬」にいかに身構えるべきかを知り、草木と共に虚しく朽ちる運命を跳ね返そうと努力します。私が秋をどの季節よりも愛するのはこのためです。

「泥土自像」（『明星』一九二五年一〇月）

土に親しむのが人間の自然

人は地上に住み、土地の産物によって衣食をまかなうかぎり、土地を愛し、土地に親しむのが自然であり、人としての幸福と思われます。それなのに、近代都市の繁栄は、地方の若者を都会に集中させ、昔から土に親しんできた人までが、日々の生活から土を忘れてしまいます。

私は商人の家に生まれたので、鋤《すき》や鍬《くわ》を持ったことはありません。それでも親が家の敷地と少しの菜園を持っていたので、自分たちが愛情をもって野菜や花を植えられる土がありました。今の家は敷地も他人の所有なので、自由に花一つ植えられません。

まったく土を忘れた生活をしている都会人はあまりにも不自然です。都会でもみな、少しの土地で花や野菜が作れる余裕のある社会になればよいと思います。また、土地が営利目的で取り引きされないよう、せめて住宅地だけでも国有、市有などにし、市民の生活の安定を保障してほしいです。

「人間と土」(『横濱貿易新報』一九二六年三月二八日)

133

肉体的な苦痛を避けないのは無益

私は、人間の力で苦痛を取り除くことができるようになったことを、近代人の素晴らしさの一つだと思っています。だから、私はふだんから、避けられる肉体的な苦痛を避けないのは、あまり意味のない我慢だと考えています。

「無痛安産を経験して」(『我等何を求むるか』より)

*与謝野晶子は一九一六(大正五)年三月、五男の健を出産する際、旧知の産婦人科医のもと、全身麻酔による無痛分娩法を選びました。当時はまだ新しい分娩法でしたが、今も日本では、無痛分娩を選ぶ人が全体の一割にも満たないのです。

134

神を求めるかどうか

人間の考え、想像には限度があります。天文学者が「宇宙」と言うのは、無限大の実在の一かけらの塵《ちり》に過ぎません。人間が今のような構造をした頭脳をもっている限り、「不可知の世界」は永久に私たちの上に覆いかぶさってくるでしょう。それに対して、人間はまったく何も見えず、何も言えず、愚かです。

人間は、そのかぎりある想像の範囲で考えるほかありません。その範囲を越えると「迷信」に踏み込んでしまいます。神を必要とした古代には、知恵のある者のなかから神の代弁者が現れて威力をもちました。

しかし、人間が神を不要とし、そうした存在を否定するべき時代がついに来ました。人間の超人的な精神力を「神」と呼ぶかどうかは、個々人の自由でなければなりません。私個人としては、早いうちから「神」という名を好みませんでした。もし、私にも宗教と名づけるべき信仰があるとすれば、それは自己開発、自己創造、自己礼拝といったものです。

「既成宗教の外」(『愛の創作』より)

135

人には愛と理性の本能がある

人が互いに同じように感じ、同じように思想し、同じように行動するものだと思うのは、大間違いです。言語による表現は不完全きわまりないものですから、同じ名詞、同じ形容詞を用いて表現したとしても、その実際の感情や気分は一人ひとり異なっています。このことを考えないと、困難なことを他人に強いたり、かたよった考えを生活すべてに応用したり、という無理が生じます。人類は、到底、同じ心にはなれないものです。

だから、人と人の間に隔たりや敵対、争いが絶えないのは自然なことだと思います。愛は、個性と個性との差異をそのままにしつつ、両者が自己の中に他を包容しようとする本能です。理性は、両者の差異を認識することによって、個性の独立を確保しようとする本能です。人間がまだ敵対しあっているのは、愛と理性の発達が足りないからです。

「個人差と愛」（『愛の創作』より）

136
真実とは絶対のもの

私は真実というものが、おぼろげながらわかってきた気がします。

これまでは「虚偽」の反対が「真実」である、というふうに考えていたのですが、どうやらそうではないようです。真実とは宇宙全体を意味する絶対のものであり、真と偽、美と醜、善と悪、邪と正、神と人、男と女――というような対立をなくした境地ではないかという感じがします。

真実について部分的に研究していると、人は相対の世界から脱することができず、善と悪、真と偽、美と醜という、さまざまな矛盾し、対立するものの間で苦しみます。恐らく、絶対の真実を経験することは、宇宙全体を徹底して知ることではないかと思います。

「真実へ」(『愛、理性及び勇気』より)

137

過失は突きつめすぎないこと

過去を振りかえれば、誰にでも大小、多少の過失があります。それを悔いることは自分の今と未来を見きわめるには役立ちますが、それ以上の何ものでもありません。後悔の念は避けられませんが、そのことを突きつめすぎると未来の後悔の種をまくことになります。

過去はきっぱりと無視してよいと思います。それよりも今と未来の明るい、楽しい生活を実現しようと努力するのが大事です。

他人の過失についても、すみやかに忘れることが最も聡明な社会道徳だと思います。その過失がずっと存続しているように思い、何かにつけて、その人の現在の評価に過去の過失を厳しく加算するのは、人の道からはずれたことではないでしょうか。

他人も自分も進化します。自分が同じ過失を再びおかさないならば、他人にも同じことを想像しなければなりません。少なくとも、その人が再び過失をおかすまでは、清く改まった人として期待する習慣をつけたいものです。

「自他の過失に就て」（『我等何を求むるか』より）

138
死は大いなる疑問

死は大いなる疑問です。死の前に、一切は空になります。人間の盛衰、ものごとの是非も、死の前にはまったく価値を失います。私たちは死についてまったく知らないことを思わずにはいられません。死は、広々とした天空のかなたのように、私たちの考えの及ばない他界の秘密です。

善悪や正邪、悲痛、歓楽といったものの総体が「生」であるとするなら、それらを超越した絶対の世界が「死」であるとも言えるでしょう。

私が死を恐れるのは、自分一人の滅亡が惜しいからではありません。自分の死によって子どもたちが不幸になることが予想されるので、できる限り長く生きたいという欲望を抱いているのです。死を恐れるのは、「いかに生きるべきか」ということを目的としているからだと思います。

「死の恐怖」（『女人創造』より）

139

過去や永久でなく、新しい現実を

私は、過去も永久も嫌いです。過去は骨董くさく、永久という状態には変化がありません。過去と永久が、時として同じものに見えることさえあります。人間の特権、自由な生命力は、人間自身と自然とを素材に、改造を重ねることにあります。

昨日を基準として今日以降を測ることは、最も不当、不正、不安なことです。俗人は歴史ばかり重んじ、過去の経験にたのみ、永久を信じ、人間を鈍感な自然に妥協させようとします。

過去の栄華に憧れ、馬車を永久の乗りものとして考えている教養のない人は、飛行機の発明を予測することができません。しかし、すぐれた人は、過去と永久を無視し、自然を鍛えて新しい現実を作りあげます。

「創新の生活」(『人及び女として』より)

140

流転する世界の「時」を思う

私たちは何となく、「時」は流転するものだと思っています。けれども、「時」は抽象的な観念であり、感じたり手でさわったりできるものではありません。寒暖が入れかわり、花が咲いて散り、新しいものが古び、乏しいものが満たされる――こうして見てくると、流転するのは「時」ではなく、実在する世界のすべてだということがわかります。「時」という観念を作ったのは人間なのに、主客を転倒し、かえって自分が「時」に支配されているように誤解しているというわけです。

私たちは意識して、生の実感を充実させ、緊張させ続けなければなりません。私たち自身が流転する世界の中で、意識を鮮明にして、そして、最も実在を改造することに敏感な存在でなければなりません。天才とは、世界の新しい流転を促進し、「時」の観念を新たにする人のことをいうのです。

「時の観念」（『我等何を求むるか』より）

141

物事の本質に従えば「なるようになる」

「物事はなるようになって行く」という日本のことわざがあります。それが、ただ「自然のなりゆきにまかせておけばいい」という意味であるなら、怠け者の口実にしかなりません。けれども、そうでなく「その物事の内側に備わっている素質と必要、その物事の周囲の現状と必要とが、互いに関係しあうことで、おのずと過程が規定される」ということを指すのであれば、本質を鋭く突いた格言だと思います。

理想にかたよった人は、その物事の内側を重んじるあまり、急進的に物事を進めようとします。また、実業家などは、その物事の周囲の現状と必要ばかりを重んじて、保守的に停滞してしまいます。「物事をなるようになって行かせよう」――正しく行動しようとするなら、現実を踏まえつつ、理想を追求しなければなりません。

「本然と努力」（『我等何を求むるか』より）

142

思想するとき宇宙は私のなかに

私が思想するとき、宇宙はすべて私のなかに集まってきます。人間は一人ひとりが宇宙の主人公です。他を支配したり抑圧したりすることなく、すべての事物と共存しながら、独立している主人公です。

人間の意識は宇宙の意識です。宇宙は容易には知りがたいものです。人間自身が知りがたいのです。

「一つの覚書」（『人間礼拝』より）

143

私が宇宙か、宇宙が私か

宇宙から生れて
宇宙のなかにゐる私が、
どうしてか、
その宇宙から離れてゐる。
だから、私は寂しい、
あなたと居ても寂しい。
けれど、また、折折、
私は宇宙に還つて、
私が宇宙か、
宇宙が私か、解らなくなる。

＊「宇宙と私」（『晶子詩篇全集』）より

144

すべてはつながりあっている

人と人、物と物がつながりあっているだけではなく、人と物もつながりあっています。たとえば、一つの太陽がなくなれば、いくつもの星が解体され、地球上のすべての生物が死滅するという結果が生じます。私たちは、このとおり、関係しあっているのです。

協同も、対立も、関係です。助けあいや生存競争も関係です。土より出た生物は、また土に還るものとして、土と生物とが関係しています。これによって、宇宙が無量大数の個別のものの共存のうえに成り立ち、同時に有機的につながっている一つのものであることも理解できます。

人間の欲求はすべての宇宙の欲求です。愛も憎しみも、善も悪も、真も美も、すべて宇宙がもともと備えているものです。その中から憎しみや悪、醜い事柄とを取り除こうとする欲求もまた、宇宙の欲求です。

「一つの覚書」（『人間礼拝』より）

145

人生は流転し続ける

「万法流転」という思想は、遠い昔から光っています。宇宙には一瞬たりとも同じものは存在しません。ただ、その流転が弛緩したときに、昨日と似たものが存在することになります。人は、昨日と似たものの存在が続くことを「常態」といい、反対に急激な変化の生じたことを「変態」といいます。けれども、常態が正しくて、変態が不正であり危険であると思うのは、世相の流転を正確に理解しない近視眼的な人の誤った思想だということを忘れてはなりません。どちらのなかにも、正しいものと、不正で危険なものがあるので、それを直感的に識別することが大切だと思います。

正と不正、危険とそうでないものとの区別は、人間の実生活を最も豊富に、また最も幸福に展開し、向上させていこうとする際の理想に合致するかどうかで決めるほかありません。

「人生の標準」（『若き友へ』より）

*「万法」は、物質的、精神的なすべての存在。また、それが持つ真理、法則。

IX 国家は個人のために

146

私たちが国家を運用する

国家とは、私たちの生活を精神的にも、物質的にも、豊かに発展させるための一種の機関だと考えます。だから、国家が私たちを支配するのではなくて、私たちが国家を運用するのだと思っています。

国家が私たちにとって政治の機関だというのは、道路が私たちの交通の機関だというのと同じです。国家も道路も公平でなければなりません。もし国家が、軍人や資本家など、一部の特権的な階級の要求だけに耳を傾け、それらの人々により多く利益を与えようとするなら、私たちの望む民衆の機関とはいえません。

「私の要求する国家」(『女人創造』より)

147

家庭をよくすることは国家をよくすること

私は家庭を愛しています。けれども、家庭が自分の生活のすべてだとは考えません。ほかにたくさんの生活があります。

私の家庭をよりよくすることは、国家や世界の生活をよりよくすることです。そして、国家や世界をよりよくすることが、また家庭の生活をよりよくすることなのです。

「女子と政治」（『女人創造』より）

148

個人が殺しあうのは悪なのになぜ戦争は…

個人が略奪を目的に、武器と武器とで殺傷しあうこと、個人が互いに殺傷しあって自分の正義を証明しようとすること、個人が武器を携え、武器をもたない弱者の家に押しかけて自分の正義を貫徹しようとすること——これらの行為はどんなに美しいことばで表現しようとも、明らかに悪です。自己の良心を失った残忍な行為、正義人道と正反対の行為です。

個人において許しがたいものを、どうして国家においては名誉とし、正義とし、善行とすることができるのでしょうか。

個人の道徳と国家の道徳とが一致しないはずがありません。少しでもそのずれを是正しようと努力するのが、人類の生活をよりよく発展させていく道だと思います。そのずれを放置しておくことも悪だと思います。「理論はそうだが、実際はこうだ」などという言説を私は受けいれることができません。

「戦争に就ての考察」(『六合雑誌』一九一八年四月)

149

戦争をやめない男たちは賢いのか

女より智慧《ちゑ》ありといふ男達この戦ひを歇《や》めぬ賢こさ

歌集『火の鳥』より

＊男たちは女よりも知恵があるというけれど、戦争をまだやめない賢さといったら……一九一八（大正七）年夏、第一次世界大戦の終わりごろに詠まれた歌です。当時は、シベリア出兵についての議論も盛んに繰り広げられていました。開戦から四年、晶子はまだ戦争が終わらないことに大きな悲しみを抱きつつ、真の賢さは戦争を早期に終結させることではないか、と痛烈に皮肉ってみせました。

150

自由と平等が権力によって侵害される

近代以降、人間の自由と平等が強く主張されるようになったにもかかわらず、実際には、国家は権力主義をもって他の国家を侵害し、個人は利己主義をもって他の個人を搾取しています。大多数の国民は、少数の権力階級の奴隷になっています。

「人類共通の目的へ」(『心頭雑草』より)

151 世代交代すれば政治もよくなる

いまの日本の政治は、私の目には、個人独立の意義を否定し、個人を国家の器械と見ているように映ります。当然のことながら、現在の醜い政治を悲観してしまいます。

けれども、未来の政治に対しては、現在の政治が悲観的なだけに、逆に有望だと思うのです。なぜなら、まだはつらつとした個人のエネルギーを深く傷つけられていない大勢の若い人たちが、新しい学問や芸術によって目を覚まそうとしているからです。

彼らが親の世代と交代して、国民の権利を行使するようになれば、本当の代議政治が実現し、個人としても国民としても、新しい生活の理想が確立すると思います。その日はきっと遠くないでしょう。

「私の目に映じた政治」（『文章世界』一九一五年七月）

152

国会は自由と幸福を踏みにじる

此処に在る者は
民衆を代表せずして
私黨《しとう》を樹《た》て、
人類の愛を思はずして
動物的利己を計り、
公論の代りに
私語と怒号と罵声とを交換す。
（中略）
われわれの自由と幸福は
最も臭く醜き
彼等駄獣の群に
寝藁《ねわら》の如く踏みにじらる……

＊「駄獣の群」（『舞ごろも』より）

ここで批判されているのは、当時の政治家たちです。「駄獣」は、荷物を運ぶために使役される家畜を指します。牛や馬のような政治家に、私たちの最も大切な自由と幸福が、畜舎に敷かれた藁のように踏みにじられる、と訴える内容です。「私党」とは、個人的な目的や利害関係で集まった党のことです。

153

政界の高齢化を憂える

老人というものは概して「事なかれ主義」であり、「干渉好き」であり、自分に近い者をひいきしやすいものです。ことに七十代、八十代になり、市民生活とかけ離れた裕福な生活に安住し、内外の新しい思想にまったく触れようとせず、肉体的にも精神的にも緩んでしまっている元老たちが、大胆な改造を恐れ、目の前の安泰を得るために迎合的な政治家を起用するのも、不思議ではありません。

真の改革は、若い市民のはつらつとした精神と肉体によってもたらされねばなりません。明治維新の改革が若い意気盛んな人たちによって断行された実例は、これからも繰りかえされるべきものです。学界ではすでに定年退職というよい例が行われています。政界でも、元老のような人たちを追い払い、引退を求めるのは国民の福祉向上のために当然のことだと思います。

「最近の政界に」（『愛の創作』より）

*「元老」とは、明治から大正にかけ、首相経験者らが実質的に政治的権力を振るった職

154 博覧会は大仕掛けな見世物

平和博覧会が開かれて、東京は地方からの見物客で混雑しています。私は、博覧会というものは、その大げさな施設の割には利益にならないように思います。博覧会を過大評価するのは、十九世紀以来の迷信の一つだとさえ思っております。

都会の人たちがこの迷信を利用して、地方の乏しい財源を都会に吸い上げようとするものにほかならないのではないでしょうか。地方の人たちは、物珍しさと贅沢さとに終始した大仕掛けな見世物として、博覧会を見るだけです。莫大な旅費を払ってまで見物しなければならないものではないのです。

「博覧会」(『愛の創作』より)

＊一九二二（大正十一）年三月から七月にかけ、東京府の主催により、東京・上野公園で平和記念東京博覧会がひらかれました。第一次世界大戦の終結を記念した博覧会で、入場者は一、一〇〇万人に上りましたが、晶子はその盛況ぶりを評価せず、時代遅れだと批判しています。

155

どう過去からの脱出を図るか

個人についても、国民についても、その文明の高い低いを計る基準は、どれだけ多く過去から脱出しているかにあると思います。

「雑記帳より」（『激動の中を行く』より）

156
個人を活かさない国家は不安定な国家

私たちは国家を愛しています。

ただ、国家主義者と異なるのは、無条件で国家の方針に従わない点です。私たちの最高の理想に国家を合わせ、私たちが国家を建設し、支持するのです。私たちと国家は一体です。国家を愛するのは、私たち自身の生活を愛することなのです。

個人を活かさない国家、個人に支持されない国家は、堅固な基礎をもたない不安定きわまりない国家でしょう。私たちは国家を大盤石の上に建設します。最高、最善の理想である人道主義、人類主義の中に建設したいと思います。そうして、最も深く、最も大きく、最も合理的に国家を愛するのです。

「私達の愛国心」(『若き友へ』より)

地球上に生存できる人口は物資による

どれだけの面積にどれだけの人間が住むのが適当か、というのは一概には言えないと思います。気候や土地の肥沃さ、文化の程度などによって、いろいろな考えがあるでしょう。けれども、地球上の生活物資にはかぎりがあります。自然科学の力で、どんなに農作物の増収を図っても、食料生産を今の三倍にはできないのではないでしょうか。石油や石炭についても、できるだけ倹約しないと尽きてしまいます。人間が地球上に生存できる数というのは、生活物資によって制限されているのです。

人口の増加に物資の供給が追いつかなくなってゆくこと、機械が人間の労働を奪ったこと、これらを私は現代文明の大きな矛盾だと思います。この問題を緩和するには、人口制限の問題にも触れなければならないでしょう。そして、文化の内容と形態とが後戻りしないよう、さらに改造することが大事だと思います。

「文化の矛盾」（『愛の創作』より）

＊この文章が書かれたころの世界の人口は約20億人、現在のほぼ4分の1でした。与謝野晶子はそのころから、食料や資源の問題を考えていたのです。

158
強者と弱者の対立をなくすこと

私は強者と弱者とが対立することが嫌いです。そういう言葉さえなくしたいと思います。この二つの対立をなくすこと、それが平和な状態です。

そういう状態の社会は、簡単には実現しないでしょう。全人類が愛しあい、敬いあい、親しくしあえるようになるまでに、社会を改造し完成させることは、何世紀もの時間と努力を要することでしょう。今日そういうことを言うのは空想に過ぎないかもしれません。しかし、この空想は、現代のさまざまな人の胸に誕生しています。これは、きわめて尊い空想です。私は、こうした空想が人類を現実からもっと高く引き上げるものだと信じたいのです。

「平和の願ひ」(『愛の創作』より)

159

戦争で手に入れた平和は真の平和ではない

腕力をもって是非を決めることが非文化的であることは言うまでもありません。花を摘む際にも、その身に寄り添って心を痛める人間が、人と人が互いに殺しあうことを残忍非道な習慣として憎むのは、今日に始まるものではないのです。

戦争で手に入れた平和は、決して真の平和でなく、いつでも戦争で蹂躙《じゅうりん》される平和です。武力をもって国家の維持と発展を企てようとする帝国主義や軍国主義は、今後の愛国者と相容れないものです。以前の愛国者は、国家のために個人を犠牲にして何とも思いませんでした。しかし、これからの愛国者は、一人ひとりの福祉を充実させ、人類が平和に共存するための機関こそが国家だと考えます。

軍備の制限は、戦争の絶滅にむかってわずかな第一歩を進めるものです。軍備を制限しようとする国があれば、喜んで賛成の意を表したいと思います。

「軍備撤廃の第一歩」(『讀賣新聞』一九二一年一一月一五日)

個人、日本人、そして国際人として生きる

私たちは、個人として、国民として、国際人としての三つの面を持ちつつ、一体であるという生活を実現したいと思います。誰もが無意識にこの三面一体の生活の中にいるわけですが、できるだけそれを明確に意識して築いていきたいと思うのです。

例えば戦争が起こった場合、国民と国民、国家と国家とが戦うため、個人の生活は虐げられ、世界人類の平和や幸福は乱されます。戦争がもはや国民生活の利益になるものではないことも、この度の大戦争（註・第一次世界大戦）で明白になりました。

三つの生活を融合させるには、人類が相互に愛しあい、助けあうようにならなければならないと思います。また財力の集中と格差が世界の隅々にまで影響しているのを見ると、それらの公平な分配と正当な支出が必要なことが思われます。全人類の共通な幸福を保障するためには、愛と経済との世界的協同を実現する必要があります。

「三面一体の生活へ」（『若き友へ』より）

161
世界を理解し平和協力を求める

これまで私たちは、世界人類の利害はどうでもいい、日本さえ自由に発展すれば、他の国民の迷惑などかまっていられない、という国家的利己主義の中に生きてきました。これは日本に限らず、イギリス、アメリカ、その他の諸国もそうでした。しかし、第一次世界大戦の終わったいま、人類の生活方針はがらりと変わり、利己主義から平和協力の人道主義へと移りました。こうなると、日本人という歴史的、地理的な立場だけでなく、国際人としての生活者にならなければなりません。

日本の中で世界を包括した生活を実現するには、世界を理解し、よいところ、悪いところを取捨する批判力を養わなければなりません。

「雛壇の下にて」（『女人創造』より）

162

世界の文化を豊かに取り入れる

私は日本に世界を取り入れたいと思います。これは日本人としての立場から言っていますが、同じことをイギリスやフランス、アメリカの人も言い、それぞれの国に世界を取り入れてゆくだろうと思うのです。

どこの土地にも、人類の生活を豊富にするためのものが存在し、また新しく作られます。十七世紀にコーヒーがアフリカ大陸からヨーロッパに伝わり、今では世界各国に普及したように、これから日本の文物や習慣も、他の国で取り入れられるかもしれません。

日本に世界を取り入れるだけでなく、わが国から学問、芸術、工業などの点で特色のある優れた産物を出して、世界の文化の発展に貢献しなければなりません。日本で世界を作り、増やし、豊かにする積極的な生活を建ててゆきたいと思います。

「雛壇の下にて」(『女人創造』より)

163

震災の記念と新しい創造

どの被災地でも、一、二か所の廃墟を残して、震災の記念にしてほしいと思います。記念物として保存するのはよいのですが、それをまた実用化しようと修復するのはよくないと思います。修復に要する精力と財力をもって、まったく新しく創造するようにしたいものです。

「廃墟の美」(『砂に書く』より)

164

大震災を乗り越える

おお大地震と猛火、
その急激な襲来にも
我我は堪へた。
一難また一難、
何《な》んでも来よ、
それを踏み越えて行く用意が
しかと何時《いつ》でもある。

＊「大震後第一春の歌」（『砂に書く』より）
関東大震災の翌年に発表された詩の冒頭です。震災によって、長年書きためていた「源氏物語講義」の原稿がすべて焼けてしまい、晶子は非常に落胆しましたが、この詩を書いたころは再び、新たな原稿を書き始めていたと思われます。

165

人類は自制する義務がある

中国の昔の言葉に「天物を暴殄《ぼうてん》する」という言葉があります。「自然物を浪費する」という意味です。この言葉が極端に行われているのが、現代のよくない現象の一つではないかと思います。自然物の大量の浪費が非常な速度で行われています。

われわれ現代人は、今のように地中の石炭と石油をむやみに採掘してよいでしょうか。また数百年かかって大きくなった森林を、紙や建築の材料にするため、あんなに激しく伐採してよいでしょうか。われわれの後に生まれてくる子孫がそれらのものの欠乏によって苦しみ、われわれ祖先の利己的な享楽のために浪費されたことを怨みはしないでしょうか。土地も次第に本来の生産力を萎縮させつつあるのではないでしょうか。

人間は発明する能力をもっていますから、ある物質が少なくなったらそれの代用品を作り出すでしょう。けれど、それも限りある地上の生産力ですから、永久に続けてゆくことは不可能だろうと思われます。人類は意識してある程度の自制を実行する義務があるのではないでしょうか。

「物質の浪費」(『横濱貿易新報』一九二五年一一月一五日)

166

理想主義の生活を求め未来に向かう

世界の人類全体が、愛、理性、平等、自由、労働、進歩のなかに生活すること、これが理想だと私は考えています。私欲によって他を押しのけようとする現実からすると、それは幻想のようにも夢のようにも感じられるかもしれませんが、人生も宇宙と同様、無限で果てしないものです。私たちは、この理想によって、現実生活を果てしなく発展させることができるはずです。

現実主義によって物質の奴隷になった私たちは、この理想主義の生活を求めることで、今日より明日へ、現在より未来へ、自由の人としてみずからを解き放ちます。

「未来の婦人となれ」(『心頭雑草』より)

X 芸術にふれる人生を

167
自分自身の芸術をもちたい

文学やその他の芸術を、専門家のものと思うのは大きな間違いです。人それぞれの個性の上に立つ自分自身の芸術をもちたいものです。たとえば、美しい人情や自然の風景に接して心に生じた感激は、楽しい感情であると同時に、自分だけが体験する新しい感情です。

私は町の小さな商家に生まれて、女学校から帰ってくると、帳場にすわって店の手伝いをするような娘でしたが、もしそのころ、夜に親に隠れて本を読んだり歌を作ったりする楽しみを知らなかったら、どんなにか寂しい、ひがんだような心もちの人間になっていただろうと思います。

短歌は、散文と違って「言葉の音楽」であり、「言葉の絵」であり、「言葉の彫刻」であると思います。歌に用いられる言葉には、音楽的な調子の美しさがあり、絵のような統一があり、彫刻のような確かさが備わっていなければなりません。

「女子の独立」（『優勝者となれ』より）

168

詩歌の本質は自己表現

芸術のなかで、詩や歌は特に、自分一人に終始している芸術だと思います。読者や観客、聴衆といった対象を考えず、自分の感じたこと、自分の言いたいことを自由に言い、自分が作者であると同時に読者であり、また批評家であるというのが、詩歌のもともとの本質だと思います。

自己表現の満足——ちょうど幼い子どもが、即興で勝手な歌をうたって自ら満足している心もちが、詩人が制作する心もちです。詩人の喜びも苦しみも、要するに自分の作品が、どれだけ自分の魂の成長を示しているか、言いかえれば、自分が昨日の古い「われ」ではなく、未来の新しい「われ」として生きるまでに成長しているか否か、また、その「われ」を遺憾なく完全に表現できているかどうか、の二つにあると思います。

詩人は、自分の内部生活の成長に、自ら驚こうとする者です。また、その内部生活の不完全をみずから責めようとする者です。すなわち、詩や歌は、自問自答の芸術です。

「詩歌の本質」（『大阪毎日新聞』一九二四年一月一日）

169

傑作は広大な庭園のようなもの

ほんとうに傑作といわれる芸術は、非常に広大な庭園のようなものです。後から後から訪れる人間が、いくらでもそのなかを散策して楽しみ、あるいは静かに思考することができます。感情移入の余地の多いことが象徴の芸術です。傑作は、すべて象徴の芸術です。

「寒菊の葉」(『女人創造』より)

170

不器用に、真剣に、純に

わたしは未熟というものが嫌いではありません。かえって円熟というものを嫌います。どうぞ、わたしの芸術が、わたしの恋が、わたしの全生活が、いつまでもイロハの「イ」の字から出直すほど不器用に、真剣に、純に、みずみずしく初心でありますように。どうぞ、そのときそのときに生まれ変わった新しい自己を描けますように。心の中に固定されている観念や概念を書きたくはありません。

「感想の断片」(『人及び女として』より)

171

芸術とは世界が新しく広がる喜び

芸術には、何らかの意味で発見や予言、新しいコンセプトになり得るものが含まれていなければならないと思います。平凡であってはならず、古くてもよくなくて、読む人が必ず、その芸術から、自分の気がつかなかった新しいものを感じ、それだけ自分の心の世界が新しく広がる喜びを受けるところがなければなりません。

「女子の独立」(『優勝者となれ』より)

172
生活の最も深いところに滋味を

詩人は他の人に呼びかけず、他の人に教えようとするようなことをしません。それでいて、その詩人の内部生活が真実であり、愛に満ち、新しい美と正義とを創造する能力に富んでさえいれば、その作品は必ず読者の人間性にふれ、いろいろな意味で私たちの魂の激励となり、生活の最も深い根底に滋味を与えてくれます。

その意味で、すぐれた詩歌は現代の人間にふれることができます。具体的な個人、具体的な社会の諸問題に直接ふれることはありませんが、その問題の基礎となるべき人間性には、しみじみと影響します。しかし、それは詩人のほうから言えば、期待もしない余計な副産物です。

詩歌は読者のほうから進んで、それにふれよう、詩人の心の声を聞こう、と努力し苦心して読むべきものだと思います。

「詩歌の本質」(『大阪毎日新聞』一九二四年一月一日)

173

芸術は一にも二にも自己の表現

芸術ほど、個性の爆発を必要としなければならないものはありません。芸術は描く人の魂の奥にあり、描かれるもののなかにはありません。

芸術は、どうしてもじっとしていられない内部の衝動によって出てくるものです。出てこなければなりません。春風が吹き、日光が差し、草木の芽が香ると、子鹿が木陰から踊り出さずにはいられないような必然的な力をともない、魂の奥から激しく噴き出てくるものでなければなりません。

その求めるところは、ただ、むき出しの魂。ただ、魂の端的な表現。生命の純粋な声。芸術は、さまざまな自己の群像です。一にも自己、二にも自己、三にも自己。

芸術家が自然のなかにいるのではありません。自然が芸術家のなかにいるのです。自然はすべて芸術家のなかに落ちてきます。芸術家はその自然を紡ぐのです。

「生命の芸術」(『女人創造』より)

174

芸術の香味は自己を高める

私は芸術に必ずしも、大作や傑作のみを期待しません。たとえ短篇であっても、あるいは、小説や戯曲、詩歌、批評など、それぞれの体裁を備えるに至らない断片的なものであっても、何かしら予言的な要素を少しでも含んだ作品であるかぎり、私はそのすべてに今後の芸術としての存在の価値を認めようと思います。

芸術によって、はっとさせられ、新しい生活に目覚めるのはうれしいことです。また、いつの間にか、芸術の香味によって、知らず知らずのうちに自己が高められているのも喜ばしいことです。それだけの刺激と影響力をもったものであるかどうかが、今後の批評や鑑賞の標準となることを望みます。

「予言の芸術」(『女人創造』より)

175

感動も表現も個性の表れ

人が「生きる」ということには、新しく感動することの一面と、新しく表現することとの一面とがあります。そうして「生きる」ということは、感動に始まって表現に終わるものだということができます。感動だけでは不十分です。その感動が表現されて初めて、生きることが具体化されます。働かない労働者、歌わない詩人、などという人たちは存在することができません。

感動は個性の上に成り立つものですから、個別の特色をもつのが当然です。「趣味」という言葉で表す感動が人によって異なるのを見ても、そのことははっきりしています。個性は独立した生命です。それが外面的にも内面的にも、他の人の個性と連帯するものとは考えられません。ここに、人間の寂しい孤独な一面が現れます。個性は一人ひとり異なり、かぎりがなく、自ら進化する生きもののようなものです。この自由で気ままな個性を、どうやったら一つか二つの規範で制限することができるでしょう。

「創作と批評」(『人間礼拝』より)

176
花は私の詩、私の愛

私は、部屋に花を欠かしたくありません。特に冬は、温室で育てられたいろいろな花を書斎に飾りたいと思います。ほかの季節だったら屋外で花を見ることができますが、冬は見られないからです。

室内にある花は、私の像です。私の詩です。私の純粋な愛です。私と内面的につながっている、一体のものです。

花に対する好き嫌いはあります。醜い花は、私の内にある醜いものを正視するように憎みます。それと同時に、醜い花のなかにもできるだけ美しいところを探ろうとします。美は、すべてのものにあります。

花を活けるのに、一定の流儀に従うことは好みません。花を活ける人は、花を愛せよ。愛には法も型もない、ただ、真実と誠意と熱情があるばかり。私は、活けようとする花の上に、私自身の心持ちを自由に跳ねたり踊ったりさせておきます。

「室内の花」(『若き友へ』より)

177

芸術作品も批評も個性が大事

自分が熱情を求めているときは、触れれば血のほとばしるような人間性の表現された芸術に心をひかれ、自分が愛を求めているときは、一切を受けいれてくれるような広やかな心から書かれた芸術に共感を抱きます。

作者の個性もさまざまですが、読者の個性もさまざまです。人間の性質や心情が均一化されないかぎり、芸術の評価が一致しないのはやむを得ないことでしょう。批評というものもまた、その意義を限定しなくてもよいだろうと思います。批評する人たちの個性に従って、さまざまな批評が生まれるのも当然でしょう。

悲しむべきことは、類型的な作品や批評が多い状況です。個性から出発しない作品が芸術という名で提供され、また個性から出発しない批評も多いのは、悲しいことだと思います。

「創作と批評」（『人間礼拝』より）

178
多くの個性から多様な芸術を

一人の芸術家に万能を求めることができないかぎり、多くの個性から多種多様の芸術を読みたいと考えます。人生は多種多様の表現によって充実し、増大し、更新し、進化するものであることを信じたいです。

芸術が個性の産物であるとすれば、それに対する批評は、作者の個性がいかに順当に展開されたかを個性に即して考察し、批判すべきであって、作品に現れた個性以外の客観的な標準で判断することは二の次ではないかと思います。

たとえば、批評家のいろいろな概念、見識の尺度に合っているかどうか、ということよりも、作者自身の狙いが果たして完全にとらえられているかどうかを問うべきではないかと思います。批評する人の見識を見せようとする批評も、批評の一種ではあるでしょうが、真の批評家は、作者の持っているものを主として詳しく説明し、鑑賞しようとすべきではないでしょうか。

「創作と批評」(『人間礼拝』より)

179
短歌は個性の表現

私は自分の個性の一つの表現として短歌を作っています。世間でいう歌の標準、そんなものは、もともと眼中にありません。客観的な絶対標準などというものは芸術においてはないと考えています。自己以外の何ものかに調子を合わせようとして作った歌は一首もありません。

私の歌は、自分の心もちさえ表現されていればよいのです。火が燃えるとします。そのなかに火の目的が遂げられるのです。火そのものは、他を焼こうとも、他を照らそうとも考えていません。私の歌は、表現できたときに目的が完了したと言えます。そのなかに満足があるのです。ただ、私が苦悩するのは、自分が満足するだけの歌がたいへん少ないことです。

「私自身の短歌」（『愛の創作』より）

180

まだ自分の短歌表現に満足できない

私自身が満足する短歌が少ないのは、よりよい、より高い、より優れた内面的な生活が経験されていないからです。また、多少の表現すべきものが内側にあっても、それを歌にする技巧がまだ足りないからです。そういう点において、私は人知れず苦労しています。

私の歌は、私が勝手に踊っているのです。決して他人に見せて誇ろうとするためではありません。名誉心が刺激になるということもあるかもしれませんが、私は最初から、そういうところからは出発しませんでした。

私には、乏しいながら歌うべき内面的な生活がまず発酵していました。私の歌はその叫びであり、姿でした。

「私自身の短歌」（『愛の創作』より）

181

誰もが歌いたい欲求をもっている

人には、日常会話の言葉ではなく、手紙などの散文の言葉でもなく、日常から一段調子を上げ、余分な語を省き、美しくととのえた言葉で表現したい感情があります。それを身ぶりで表せば舞踊になり、音で表せば音楽になり、色彩で表せば絵になりますが、特別な言葉で表せば詩歌になるのです。

こういう欲求を総称して芸術欲といいます。多くの人は、芸術欲を繭《まゆ》のましまい込み、そこから糸を引き出しません。あるいは、歌は歌人が詠むもので素人には作れないなどと誤解し、下手なことを恥ずかしく思って芸術欲を引っこませてしまいます。

私は初めからまったく素人の、私自身の表現で歌を詠んできました。万葉集の作者は九割方が素人です。自分が歌いたいから歌うというのが私たち素人の態度です。それでこそ、真の、純粋の自分の歌ができあがります。

「素人の歌」（『横濱貿易新報』一九二六年五月一六日）

182

文語か口語か――は感動の問題

歌に文語を用いることは、一般の習慣になっています。文語といってもさまざまですが、私は現代でも通用する文語を用いようと思っています。それは、現代語の一種であり、現代人の感情と思想を採りいれて、きちんと現代人に理解される言語です。万葉集まがいの死語を用いて現代人の生き生きした感動から遠い歌を作るのは、骨董品をめでるような遊戯ではないかと思います。

しかし、口語ばかりが現代語であるというふうに、窮屈な考えをもっている人たちには賛同しかねます。文語か口語か、というのは、歌の形式にかかわる問題ではなく、作者の感動の問題です。作者の内心に湧きおこった感動が、文語のもっているリズムをとり、あるいは口語のリズムをとって躍り出てくるのです。

「晶子歌話」（『横濱貿易新報』一九一九年八月一〇日）

183
実感のある感動こそ生

私は偽りの感動を退けたいと考えています。それは、私にとって何の価値もないものだからです。私はあくまでも真実を生きようと望みます。私が歌う感動は、すべて実感の範囲を出ないものです。

実感——実際に体験した感動には、能動的なものもあれば、受動的なものもあります。外界から働きかけるものもあれば、内部における感動と感動が融けあって新たに起こるものもあり、感動がどこから生じるかということは一定していません。

実感は、生の体験です。人間が真に生きるということは、全人格的に体験された一切の感動の世界に住むことを言うのだと思います。

「晶子歌話」（『横濱貿易新報』一九一九年八月二四日）

184 言語を用いて表現する難しさ

言語というものは、音楽よりも不完全なものだという気がします。その不完全な言語を用いて微細な、かすかな、はっきりしない感情を表現しようとするには苦心を要します。それだけに、表現したものが昨日の自己ではなく、わずかでも新しい成長や発見を示しているときには、人知れぬ喜びと満足があります。

歌がどういうふうに生まれるかというと、私の内に何かを感じ、何かを思っている——そういうものの手ごたえが、はっきりする場合もあれば、ぼんやりしている場合もあります。とにかく、何か感じ、何か思っていることが直感されるのです。

そういうときには、それをそのままにしておかず、書き表してみます。そうしないと、自ら何をどういうふうに感じたり、思ったりしているかということがはっきりしません。言いかえると、書き表して初めて、自分の感情や気分が無形のものから有形のものになるのです。

「私の歌集『草の夢』」(『愛の創作』より)

185
象徴的な歌は謎解きのようなもの

象徴的な歌というのは、作者の感動を表現するのに、一つの言葉で数多くの事柄を暗示する方法を用いた歌です。ふつうの記述的、説明的言語では表現できないものであり、音楽の要素をもつ言語、感動の色調を表すのに適した特別の表情をもった言語を用います。作者自身に歌の意味がわかっているのはもちろんですが、読者からすると一つの「謎」を提供されているようなものです。作者は説明せずに、「これを当ててごらんなさい」と言っているのです。

読者は作者に従わず、自分が主となり、それぞれの感情や経験、感性によって各自の創作を心の中で行います。詠まれているのは一つの白い花であっても、読者の心の色彩でいろいろに染めて、特殊な色あいをもった花ができあがるのです。象徴的な歌の価値は、こういうふうに、読者が作者を兼ねる面白みにあります。

「晶子歌話」（『横濱貿易新報』一九一九年九月一四日）

186
理論よりも先にまず創作してみる

芸術は理論から入っていかないほうがよいと思います。知識的にいろいろなことを先に知ると、創作の力が鈍って、不必要な迷いと躊躇が生じます。他人の作ったものを見ることは、優れたものさえ見ていれば、自分の創作の励みになりますが、初めからどれが優れているかわかるものではありません。そして、あれこれ見ているうちに、下手な作品にも目を通すことになります。人には大なり小なり模倣性がありますから、いつの間にか他人の感じ方や言い回しなどをまねて、それらの他人の型が厚い殻となって自分を包んでしまうようになっては大変です。

芸術上の理論や主義を学んだり、他人の作品を見たりするのは、なるべく自分が創作の上で独立できる実力を備えてからにするのが安全です。そのときになって初めて、的確な批評ができるようになります。

「新体詩の作り方」(『愛、理性及び勇気』より)

187

実感がみなぎっている時に詩は生まれる

詩を作るのに何よりも大切なことは、自分の感想を冷やさず、それが熱し、それが興奮し、それが緊張しているときを逃さず——すなわち実感がみなぎっているタイミングを逃さずに——一気に、言い放とうとすることです。そういうとき、言葉には舞踊にも等しい「振」や「拍子」が伴います。

「新体詩の作り方」(『愛、理性及び勇気』より)

188
模倣も大切な手段

世の中にまねをしない人はいません。今の人をまねなければ昔の優れた人を模倣し、人間をまねなければ自然を模倣します。

この模倣性は必ず誰にでも多少はあるもので、これが想像や共感、批判というような心理作用とつながりあって働きます。

教育というものも、この模倣性をよい方向に用い、個性の発揮に活かしているのですから、私は、何ごとにも模倣を排除しようとは思いません。ただ、模倣性を悪い方向に用いないこと、模倣は手段であり目的とはしないことなどを条件としたいと思います。

模倣は、階段のようなものです。目的が二階にあるのに、階段を昇ったり降りたりし続け、階段のことしか考えない人などいないでしょう。しかし、大切な問題になると、階段に停滞して、それが目的であるかのように誤解してしまう場合が多いのです。

「模倣しながら模倣を突破せよ」（『愛、理性及び勇気』より）

189

誠実に作ったものには真実がある

どんなに素朴で下手な作品でも、誠実に、真剣に作られたものであったなら、きっと無限に奥深い世界の内部、すなわち「真実」とつながっています。うわっつらではなく、少しでも深く「真実」の魂に触れようとする人は、それによって何らかの暗示を受けないではいないでしょう。地中から掘り出した太古の土器の破片にほどこされた単純な模様や、子どもが描いた動植物の無邪気な絵に、人が心を動かされることがあるのは、そのためだと思います。

世間の評判、評価の定まった作品ばかりがよいものとは思いません。そのなかには、かなりくだらないものもたくさんあります。ほんとうに芸術を愛そうとするなら、世間の評判なんかにこだわっている余裕はありません。むしろ、そういう評判は害こそあれ、何にもならないという気がします。

「真実の力」（『愛、理性及び勇気』より）

190
真の芸術にふれようと心がける

自分のまだ知らぬ、どこまでも広がる大きな生命を、真実を、深く掘り下げてのぞかせてくれるのがよい芸術だと思います。そういう芸術をよけいな仲介者なしに、自分自身で発見しようと心がけることこそが、芸術を鑑賞する唯一の態度でしょう。

鑑賞とは、芸術の奥に宇宙の真実を見とおし、体験することです。真実は無限です。いかなる芸術家でも、真実のすべてを表現することはできません。その一角を誇張し、その一角につながった奥行きをある程度まで深く浮き出させることが芸術の使命です。

真実の確かさ、美しさ、運動をはっきりと実感させてくれるものは、芸術のほかありません。誰も芸術によらないで真実にふれることはできません。

「真実の力」(『愛、理性及び勇気』より)

191

自分の創作欲を満足させることが第一

戯曲や小説は読者を意識して書くものですが、詩歌は自分の感情を直接に表現することを目的としており、決して読者を対象として書くものではありません。大切なことは、詩として表現しなければならない感情が、自分の内に沸騰しているときに歌うべきだということです。そうでないと、常識的で感傷的、いたって平凡な内容しかない、ひとり合点のものに終わってしまいます。それは、詩歌とは呼べないものです。

詩歌は自己が読者となり、自己を満足させるのが目的です。ちょうど、音楽家が自分の部屋で、一人で楽器を演奏して楽しむようなものですから、自己が真に満足できるところまでその作品を推敲し、苦労しなければなりません。

もちろん、詩歌も社会に公表するものになっています。けれども、それは第三、第四のことです。自らの芸術的創作欲を満足させることが第一義なのです。

「女子と文芸」（『社会経済體系』一九二八年一月一五日）

※本書の与謝野晶子の文章は、以下の文献をもとに編訳したものです。

『定本　與謝野晶子全集』全20巻（講談社、1979〜1981）
『與謝野晶子評論著作集』全22巻（龍渓書舎、2001〜2003）

※参考文献

『年表作家読本　与謝野晶子』（平子恭子　編・著／河出書房新社、1995）

購入特典

編訳者による「与謝野晶子　ブックガイド」および「与謝野晶子　おすすめ短歌10首（解説付き）」をお届けします。下の二次元コードからダウンロードしてください。

特典ページURL

https://d21.co.jp/special/akikoyosano/

ログインID

discover2998

ログインパスワード

akikoyosano

与謝野晶子　愛と理性の言葉
エッセンシャル版

発行日　2023年11月25日　第1刷

Author　与謝野晶子
Translator　松村由利子
Illustrator　市村譲
Book Designer　LABORATORIES
Publication　株式会社ディスカヴァー・トゥエンティワン
〒102-0093　東京都千代田区平河町2-16-1
平河町森タワー11F
TEL　03-3237-8321（代表）　03-3237-8345（営業）
FAX　03-3237-8323
https://d21.co.jp/

Publisher　谷口奈緒美
Editor　榎本明日香
Proofreader　文字工房燦光
DTP　株式会社RUHIA
Printing　日経印刷株式会社

ISBN978-4-7993-2998-6
Yosano Akiko Ai To Risei No Kotoba by Yuriko Matsumura